ワンルーム・ショートストーリー

ピクシブ株式会社 企画・協力
PHP研究所 編

○本表紙デザイン＋ロゴ＝川上成夫

ワンルーム・ショートストーリー　目次

季節越しのルームシェア

中臣モカマタリ

一

　秋と冬だけ、部屋貸しします。敷金礼金なし。冷蔵庫、洗濯機、机付き。という、ダメモトで不動産屋に出した条件を、飲む人が現れたという連絡が不動産屋からあった。アライグマのような風体の、大学の近くにある不動産屋のおやじだ。

「室内たいへん、たいへんきれいにお使いです」というその不動産屋としては苦心の文言を、それはさすがに文言通りには受けとらずに、興味をもったその人が部屋を見に来る、というので、ちょうど静岡で学会があって出張が入ったタイミングで、この部屋を見てもらってはいたのだが、ほどなく、気に入ったのでお願いしたい、と連絡が入った。

　なぜ、秋と冬だけか、ということには説明が必要だろう。僕はこの部屋から自転車で十分ほどの距離にある大学で講師をしているのだけれど、後期、すなわち秋冬の学期だけ、他の県にある私立大学でいい条件で講義を持てるという話がもちあがり、いま籍がある大学とも交渉をして、前期はこちら、後期はむこうといういびつな形でこれから二年間を過ごすことになったのだ。中堅の准教授や大御所の教授ならともかく、二十九で講師をやっている身分なので職場に関しての贅沢はいえない。

ワンルームにしては、まあいい感じのこのマンションの一室は、ありがたいことに親が面倒をみてくれて、すなわち不動産投資という名目をつけて与えてくれてはいるものの、むこうの大学でも生活はしなければならず、そうであれば、もしそんなことができるのならば家具付きで貸し出そうじゃないか、という発想が生まれ、かくして冒頭のアライグマのおやじの不動産屋への持ちこみにいたったわけである。

女性の方です、当方にとってありがたいことに、とアライグマのおやじはいった。おきれいな、かたですよ、清楚な感じで、知的で。といらぬことを不動産屋はいい、ではお互い、お会いになられないという条件のもとで、私が鍵なり何なりの仲介をさせていただきます、といった。何でも、相談してください、と。

それで、契約のほうは、そのアライグマのおやじにまかせて、変則的なルームシエアがはじまることになったのだった。この部屋を、ふたりで使う。でも、そのふたりはまったくの赤の他人という、不思議なルームシェアの、それがはじまりだった。

二

契約が成立したあと、夏の終わりに向けて、八月の末に、部屋を明け渡すべく、徹底的に掃除をする。自分でいうのもなんだが、まめな性格なので、これはもともと理学部の出身ということも多少は関係しているかどうか、全国の理学部出身者にアンケートをとってみないとわからないが、とにかく、きっちりと片付けて、掃除もした。「大学講師すっきりとした部屋コンテスト」というようなものがもしあれば、優勝できるかもしれない。

こちらがいわば大家という立場なので、サービスとして、近所の情報、たとえば買い物をするなら、このスーパーがいいとか、喫茶店では、どこが落ち着いて珈琲の淹れ方にこだわっているとか、甘いものであれば、人気の高いのはこの店だとか、クリーニングはここだけはやめておいたほうがいいだとか、そういうことを、「ご近所マニュアル」と銘打って作り始めたら、これもまめな性格のせいか十八枚にもなってしまった。

ミニマリストを標榜していても、それでもやはり、段ボールで数箱分は向こうに送らなければならなかった。荷物というものは、生きていればいろいろとあるものだ。折りたためばソファになる簡易ベットは送ってしまったので、今夜はこの部屋を出て、駅前のホテルに泊まることになる。今季、最後となる部屋を見回してみる。明日、新幹線で、秋冬を教える街に移動するのだ。大学が変われば、学生の雰囲気もやはり違うのだろう。教える内容自体は、専門性があるから、さほどかわらないのだけれど。

新しく半年だけこの部屋の主になるという見知らぬ彼女は、この部屋で、どんな暮らしをするのだろう。半年後に、戻ってきたら、何かが変化しているのだろうか。部屋の主によって、部屋自体の波動や雰囲気といったものは、影響を受けるのだろうか。今の居住者である僕のことは、部屋は、覚えていてくれるのだろうか。

一応、歓迎の意味を込めて、あさって越して来るという彼女に、花を一輪だけ置いていく。アフリカンマリーゴールド。黄色い、かわいらしい花だ。ガラスのコップにいれて、ご近所マニュアルと一緒に、テーブルの上に置いておく。まあ、あのアライグマなら、なんとかしてくれるだろう。

申込書の字をみるかぎり、そうして、大学のやはり教員をしているということから考えると、部屋もおそらくきれいにつかってくれそうな気がした。男を連れ込んだりはしないでいてほしいな、というようなことを考えて、玄関口で、靴を履いた。

三

なかなか、きれいに使ってるじゃないの、とわたしは小太りの不動産屋への評価をワンランクあげた。男性の一人部屋、と聞いたとき、床にはゴミが散らかり放題で、空《から》のペットボトルと、空き瓶が林立しているドラマで描かれるような情景を思い浮かべてしまったのだけれど、そして、それならあきらめようと思っていたのだけれど、不動産屋と見に行ったそれは、雑誌に出てきそうな、整っていて、ものがほとんどない部屋だった。これなら、いけるかもしれない。寝具さえ、レンタルで持ちこめば。冷蔵庫もスリムだけれど新しいものだし、洗濯機もドラム式だ。これはいいじゃない、と思わず口に出してしまってから、小太りの不動産屋が嬉しそうな顔をしたので、値段を交渉する為にわざと渋い顔をして、男の人だからねえ、どうしようかなあ、といってみた。でも、これを逃すと、いまの状況、つまり、この近くの大学で専任講師の職を得るという機会に、莫大な出費がかかってしまう。こちらの大学は、実家からだと四時間はかかる。四時間もかけて通勤するというのは非現実的だ。このあたりでウイークリーマンションを契約するといった出費は避けたいし、大学も専任講師にそこまでは面倒を見てくれない。ここまでうってつけの条件はない。そうだな、この部屋に決めてしまおう。

二階にあるこの部屋からは、むこうの民家の朝顔が見える。秋と冬、この部屋で過ごしたとしたら、と思いをはせてみる。絶景とまではいかないけれど、景色は結構楽しませてもらえそうな気がした。

「でしょ、室内、たいへん、たいへんおきれいにお使いで」

と不動産屋がほこらしげにいう。値段交渉のために眉をひそめる演技はしながらも、きれいに使ってる、ということは認めざるを得なかった。ま、敷金礼金なし、というのが大きい。助かったと思いながら、もう一度部屋をみまわして、挨拶をする。九月にはまた来るから、よろしくね。

部屋が何か言うか、感じ取ろうとする。オカルトを信じるほうではないけれど、たぶん場所とか部屋とかには、一種の波動のようなものがあって、ネガティブな波動があるところでは、胸がざわめくような気がするから。でも大丈夫だった。なんだか、この部屋は、受け入れてくれるような気がした。

不動産屋が窓を閉めて、彼が持ってきてわたしが履いていたスリッパをバッグに入れる。

「じゃあ、契約はこれからですが、ほぼお決めになったということで、サービスでここから大学の近辺まで、いろいろとご案内しましょう。じゃあ、車、回して来ますので。この鍵でドア閉めて持ってきてください。鍵穴が二つあるタイプですが、上下、同じ鍵でいけますので」

そういって、不動産屋が鍵を渡して出ていく。靴を履いて、わたしは誰もいない部屋に心の中で手を振った。じゃあね、また。それまで、いってきます、とつぶやいて。

四

九月になっても暑さは続いている。夏休みを引きずるような形で、四時間かけてこの部屋に実家からようやく辿り着いた。

ドアをあけると、テーブルの上のコップに黄色い花が一輪いけられていた。歓迎のしるしなんだろう。まあ、センスは悪くない。手紙でメッセージが書いてあるよりは、と思ったところで、机の上の紙の束に気が付いた。「ご近所マニュアル」だって。めくってみると、丁寧にこの近所のことがまとめられている。ああ、やっぱり、几帳面な男の人なんだ、と思う。前にこの部屋を見たときに感じた通りだ。さて、荷ほどきをしなきゃ、と床につみあげられた段ボールをみて、ちょっとうんざりする。半年暮らすだけでも、これだけはいるのだ。キッチンを探索してから、少し後悔する。もうちょっと不動産屋にきいておけばよかった。鍋釜が思ったより揃っている。フライパンもちゃんとある。これだったら、カルファロンのフライパンは実家から送るんじゃなかったな。

あーあ。とため息が出る。部屋にではなくて、来る前に父親が持ってきた見合いの話について。昭和じゃないんだから、お見合いだなんて。とはいえ、いま、彼氏がいるかというと、そこはつらいところで、大学で講師をやっているというと聞こえはいいけれど、時間に余裕があるわけでは全然なくて、だから、そういう関係のことは少しあとまわしで、と思っていた「少し」が積分みたいに積み重なって、二十八になっている。あせりはないけれど、見合い話に乗る気には到底なれない。

さて、と部屋に改めて挨拶をする。半年間、よろしくね。大家さんはいるかもしれないけれど、この半年間はわたしの部屋になってもらうのだから。

何か、象徴的なものを部屋に置きたくて、沖縄で買ってきた石敢當《いしがんとう》のオブジェを部屋の隅っこに置く。無事にすごせますように。この部屋での、半年間の暮らしを。

明日の朝は、「ご近所マニュアル」に載っていた大家さんお勧めの喫茶店にモーニングを食べにいってみようか。大家さんは珈琲が好きらしく、「ご近所マニュアル」には、その店では自家焙煎の珈琲豆をネルドリップで淹れていて、なんと珈琲豆が一人前で二十三グラムも使われているんですよ、と書いてあった。そこにでも、行ってみよう。そう決意して、段ボールのガムテープをひとつだけ、はがした。

五

四月になったので、この部屋に帰ってきた。ドアを開ける前は、香水や化粧品の匂いが残ってたらいやだな、と思っていたのだが、そんなことはなく、こうやって部屋の真ん中に立ってみると、なんとなく、ではあるけれど、少し部屋が洗練されているようにも感じられた。「室内、たいへんきれいにおつかいで」とアライグマの不動産屋を真似てつぶやいてみる。

丁寧に、「ご近所マニュアル」に対してのお礼がかかれた手紙が残っていた。きれいな字だ。ああ、感じのいい人だな、と思った。感想というか、僕とはまた違った視点から、ご近所マニュアルの補足がかかれていた。花屋さんならここがおすすめ、とか、肉を買うならこちらの店のほうがいいですよ、とか、スイーツの話とか。なんだ、よかったじゃないか。いい借り主が見つかって。そう安堵《あんど》して、荷物を開く。ふたたび、持ち主の変わった部屋に、戻ってきてくつろぐことを、少し嬉しく思う。

六

僕あてに電話がかかってきたのは、ちょうどゴールデンウイークがあけた頃だった。スマホがふるえたので見ると、知らない番号からの電話だ。普通は出ないのだが、なんだろうという関心が先に立って、電話を取った。

「こんにちは。すみません、いきなり電話して」

聞き慣れない女性の声だ。声が震えて、すこし緊張している様子がわかる。

「わたし、朝倉奈津美です。半年間、そちらの部屋をお借りしているものです」

ああ、アライグマが見せてくれた申込書の欄にあったのは、確かそういう名前だった。

「お願いがあるんです。急で、無理なお願いなのはわかっているのですが、話をまず聞いてください」

「いいですよ」

と僕は答える。切迫した声で電話してくる女の人の電話を途中で切れるほど薄情ではないし、いまは論文の締め切りで切羽詰ってもいない。それに、要件はおそらくこの部屋にかかわることなのだ。

「いまから、そちらに、わたしの父がいくんです。わたしも一緒にですけれど。四時間後に。そういうことになった事情をこれから説明します」

「いいですけれど、手短にお願いします」

と、僕は伝える。男女の差別をするつもりはない。優秀さにおいて優劣をつけるつもりはないけれど、えてして、女性の話というのは結論が後に来て、えんえんとまわりくどい話になる場合が多いので、そういったのだ。

「わかりました。聞いてくださってありがとうございます。できるだけ簡潔にいいますね」

窓の外に目をやると、赤と白のツツジが峠を越えてはいるが咲いているのが見える。

「わたしに、お見合いの話があって、でも、わたしのほうは相手が気に入らなくて、それを話を持ってきた父に伝えると、じゃあ、おまえには相手がいるのか、と怒鳴られたので、売り言葉に買い言葉で、います、といってしまったんです。一緒の部屋に住んでいる人がいますって。嘘はついていないんですが」

それは、そうだ。僕らは一緒の部屋に、住んではいるけれど、一緒に暮らしているわけではない。

「そしたら、父がいまから乗りこむって。父は昭和の人間ですから、いいだしたら聞かないんです。それで、いまそちらに向かっているんです。四時間後には着きます。それで、たってのお願いがあるんです」

まさか、とは思うが、だいたい想像はつく。「カレシ、のふりをしてください。一生のお願いです。今日一日、なんとか乗り切ったら、父も冷静になるでしょうから、わたしから父に説明します。それ以上のご迷惑はかけません。今日一日だけ、話をあわせてくだされば、いいんです。お願いです。なんでもしますから。家賃、一年分払ってもいいですから」

「ばれますよ、それは」

僕はいう。そういう類のことには、まったくもって自信がない。役者の卵ならともかく、嘘をつくのはものすごく下手なのだ。そのことを、彼女に伝えてみる。

「いいんです。できるかぎりで」

「だって、僕はあなたのこと、まったく知らないんだから」

「そこを何とか、お願いします。話をあわせてもらうだけでいいんです、あ、もう、切らないと」

そういうと、電話が切れた。かけ直したが、電源が切られたのか、かからなかった。ショート・メッセージを送ってはみたが、返事はなかった。

まあ、とんでもないことに巻きこまれたものだ。でも、あの切迫感は嘘とは思えない。なんとなく、父親にいい返している娘の姿が浮かぶ。それはまあ、確かに、この部屋に一緒に暮らしたことはないけれど、一緒の部屋に住んではいる。彼女の頭にそれが浮かんで、それをいえば父親が引っ込むと思ったのが見立て違いだったのだろう。父親の持ってきた相手は、資産家の跡継ぎか、取引先の重役の息子か何か知らないが、父親としても、自分の娘がどこの馬の骨かわからない野郎といきなり同棲をしているという話をきけば、昭和の人間ならどなりこんで相手に文句もいってみたくはなったのだろう。

しかし、困ったな。と僕は部屋を見回す。彼女のことは、「ご近所マニュアル」のお礼の手紙以外には全然知らないのだ。

七

父が靴を脱いで部屋に上がり込む。わたしは、ドアを閉めて振り返り、はじめてわたしの「彼氏」の顔を見る。まじめそうな人だ、というのが第一印象だった。父にテーブルの椅子を勧めて、用意していた珈琲のマグカップを置いてくれる。

「奈津美さんはこっちね」

と親しさを表すように、名前を間違わずに、呼んでくれる。呼び捨て、ではなくて、さんづけではあるけれど。心の中で手を合わせる。今日、はじめて会うのに、願いをきいてくれて、演技をしてくれて、ありがとう。

「それで、どうなんだ」

と父が席に着くやいなや、前置きもなしに切りだす。せっかちは昔から変わらない。心臓が、飛び出しそうになる。でも、いまは、この人にかけるしかない。

「僕の話をしましょう」

そういって、わたしの「彼氏」は自己紹介をはじめる。この人は頭がいい、と思う。自分の紹介をする分には、嘘をつかなくていいのだから。

大学の理学部を出て、いまは大学で講師をしています、年収はこのくらいです、と具体的に大学の名前と金額をあげる。ドラマ『逃げ恥』で星野源が演じていた主人公と同じ名門大学の理学部。いまはもう学歴社会ではないけれど、旧帝国大学出身というのは昭和の父には響いたはず。ポイントを稼げたはず。それから収入面で不安がないこと。決して高くはないけれど、この分野では論文も何本か書いているので、くいっぱぐれはないはずであろうということ。それから、昭和の父にあわせて、自分の両親のことを話す。どこの馬の骨と言わせない事実を、積みあげてくれる。

父の最初の鼻息が、少し弱まる。たぶん、フリーターのイメージを持っていたのだろう。

「将来のことでいいますと」

と「彼氏」は続けている。

「海外に二年間、おそらくは留学することになると思います。まだ一年か二年先ですが。いま、アメリカの東部にある大学と共同研究をやっているんで、おそらくそちらになると思います。このことはあらかじめ、伝えておいたほうがよろしいかと思います」

わたしは心の中でブラボーと叫んで拍手をする。目でお礼のサインを送る。この人にとって、これは全部事実なんだろう。嘘はまったくついていない。欠けているのは、わたしとの関係だけ。留学するときに、わたしを連れていくかどうか、そこが判断ポイントになる、ということをさりげなく織り込んでいる。そのことが、父にはしっかりした相手だという印象を与えるだろうと計算している。やるじゃん、わたしの「彼氏」。そのタイミングで結婚するかどうか考えないと、と匂わせてはいるけれど、わたしのことにはまったく触れていない。

父が、固まったようになって、玄関をあけたときのあの勢いを胡麻化すようにして、珈琲をすする。熱しやすい人は、また冷めるのもはやい。

「まあ、その、なんだな」と父がいう。

「それで、奈津美のどこがいいんだ」

あ、来た。来てしまった。わたしは凍りつく。彼の目を見る。そうだ、この人は何もわたしのことを知らない。ここで助け舟を出さなければ、彼が的外れなことをいえば、父は彼の嘘を見破ってしまうだろう。そうしたらすべて終わってしまう。

彼がしばらく黙る。珈琲を飲んで沈黙する。

ああ、もうだめだ。この人は、何一つわたしのことを知らないのだから。でも、わたしが自分で何かを言いだせる雰囲気ではなかった。自分の口が固まってしまうのを感じていた。そのときだった。「彼氏」が口を開いた。

「最初に会ったときから、奈津美さんにはいい印象を持っていました。同じ大学に勤めていますし、共通点も多い」

そこまでは事実だ。それから、彼は語り始める。一緒にいるときの、わたしの魅力を。大学の近辺を並んで歩いているとき、花屋にいったときの様子。空を見上げるときのしぐさ。犬にほえられてびっくりしたときの仕草。そして何よりも、良く笑うこと。かたえくぼができる、その笑顔が素敵であること。まるで、証明問題を解くかのように。
わたしはびっくりする。どうして？　知らないはずのことをこの人は知っているのだろう。なんで？　大学で教えている関係もあり、ネットには本名での情報はあげていない。わたしからはなにもしゃべっていない。いくら、頭がよくても、何もないところから、今の話はつくれないはず。だって、かたえくぼのことなんて、直接会った人でなければわからない。この半年間、ストーカーだったんだろうか？　まさかそんなはずはない。同じ大学で教えてはいるけれど、教務課にも個人情報は伝えていないし、学生から話を聞いたとは思えない。でもどうして、だって、この街で一緒に少しでも過ごして、話をしたことがあるっていうのは……。

八

そうだった。あと四時間で彼女と彼女の父親が来ると分かったとき、まずやったのはネットで調べることだった。フルネームで検索すれば、今の時代、無防備な人なら顔写真や経歴でたいていのことは出てくる。でも、同姓同名は沢山いたけれど、彼女と条件があいそうな人は出ていなくて、大学の講師の経歴がでてきただけだった。これだけでは彼女の人柄まではわからない。一枚の手紙と短い電話だけでは。

彼女に電話で依頼されたときに、友人を紹介しておいてもらわなかったことを悔やむ。彼女の親友から大学時代なりのエピソードをオンラインでもレクチャーしておいてもらえば、少しはましになったかもしれないのだが。どうしよう。と考えていて閃いたのが、アライグマのことだった。あの不動産屋なら、両方に会っている。僕はアライグマに電話をかけて、会えないかといった。なんでも申し付けてくださいといったよね、と付け加えた。いいですよ。ただし、事務所だとまずいですから、そちらの部屋に伺いましょう。私の仲介のせいで大家さんに迷惑かけてる面もあるんでね、サービスの一環として、ひとはだ脱ごうじゃありませんか。そうい って、アライグマが来てくれて、彼が街を案内したときの様子も含めて、アライグマの知っている限りの彼女の様子や雰囲気を伝えてくれたのだ。二時間あれば、たいていのことはなんとかなる。誰かがいっていたセリフだけれど、わりと真実だと思う。僕はそのレクチャーをしっかりと頭に入れて、そして、話を聞いていて、少しだけ彼女のことが好きになったような気がした。いい感じの女性じゃないか。そして、これから偽造の彼氏を演じるにあたって、この部屋で、彼女とふたりで暮らしていたという状況を想像してみた。その作業は、さほど困難なことではなくて、ごく普通に、彼女となら過ごせていたような気がした。

さて、あとは、ひたすら彼女が、奈津美さんが、つくりだすおとぎ話に相槌《あいづち》を打てば、もしかすれば、嘘の下手な僕でもなんとかなるかもしれない。彼女の父親を、騙《だま》せるかもしれない。そう思いながら、珈琲の豆を挽いて、彼女とその父親が到着しそうな時間をみはからって、ポットに湯をわかしはじめた。

九

まあ、そういうことなら、お父さんはあまり口を出すようなことはしないが、くれぐれも順序が違うようなことにはしないようにしてくれよ、と父はあくまで要望を出す。一緒に帰るというわたしに、せっかく来たんだからもうすこしはいなさい、と先に帰るというので、送りだした。駅まで送ろうというのを、いいから部屋にいなさい、玄関でいいから、といったのは、朝にかっとなって押しかけたことが、さすがに恥ずかしくなったからだろう。

ドアを閉めたとき、わたしは床に座り込んでしまった。そして、「彼氏」のほうをふりむいて、床にすわったまま、深々と頭をフローリングの床につけた。ありがとう。助かりました。彼をみると、椅子にすわったまま、茫然とした表情をしていた。そして、わたしのほうをみて、ふっと笑って、なんとかなったですね、というようにほほ笑んだ。わたしは笑い返す。それから、しばらく、ふたりでくすくす笑いを続けた。

十

ふたりで住むには、この部屋だとちょっと狭いんだけど、とアライグマに相談したのは、四時間という中距離恋愛をしばらく経て、おたがいの季節労働が終了しようかという時期のことだった。アライグマは部屋にやってきて、まあ、おふたりとも、大変きれいにお使いですから、この部屋もよろしければ高く買い上げさせていただきますよ、とあいかわらずの人なつっこい表情で微笑んだものだった。

正解なんてどうでもいい。

きせ

今日は晴れだからベランダ。

うちのベランダは狭いから洗濯物を干してしまうともういっぱいになる。ワンピースを避《よ》けてバスタオルを潜り抜けてカットソーを動かしてようやく桜並木とご対面だ。桜はとっくに散って日を浴びている青葉がきらきら光っている。水筒を開けてお茶を飲んだ。長い髪は邪魔だけど風に吹かれながら飲むお茶はおいしい。もう一口飲もうとしたところで網戸が開けられる音がした。私は慌てて水筒のふたをする。

「あ、お茶飲んでる」

一仕事終えたのか幸一郎が入ってきた。

「飲んだばっかり?」

「うん」

「どれ」

目を瞑《つぶ》ると唇が重なった。一回離れてもう一回重なる。唇が離れる。目を開けると幸一郎は思案顔で自分の唇をなめている。

「イチゴ」

「当たり」

「これはちょっと簡単すぎるな」

「昨日は外したくせに」

「レモンとグレープフルーツはずるくないか」

「幸一郎、柑橘系は全部レモンって答えるじゃん」

「紅茶で柑橘って言ったらレモンだろ」

「そんな超初心者問題誰が出すか」

紅茶のアレンジティーを淹れ、何を入れたか当てるゲームだ。水筒にふたをしたのは香りでわからないようにするためである。唇の残り香ぐらいはまあ、許容の範囲内だろう。このゲームを始めてかれこれ一か月。こいつよく飽きないな。

家庭の事情やら仕事の関係やらで私も幸一郎もしばらく缶詰になった。仕方なく紅茶を大量に買ってがぶがぶ飲みながら仕事をしていたが、さすがに飽きた。ストレスも手伝っているのか紅茶を見るだけで仕事を思い出して袋ごと投げ捨てたくなる始末だった。

「アレンジティーにすればいいじゃないか」

幸一郎はこともなげに言った。

「アレンジ？」

いまいち要領を得ないでいるとどこからともなく分厚い本を持ってきた。ぱらぱらめくって見せる。

「ミルクとかレモンとかはまあ定番だけど、フルーツティー。ほらイチゴとかバナナとか入れてもおいしいらしい。こっちはアイスティーだな。炭酸入れるとか」

「ジャム入れるのってロシアティーよね」

「ジャム入れるのはおいしいらしいけど、ロシアではやってないみたいだよ。ジャムはデザート扱い。ジャム食べながらお茶を飲む」

「お茶うけにジャムか」

「なんかその言い方だとばあちゃんがせんべい食ってる感じになるな」

「悪かったわね」

「とりあえずメープルシロップと牛乳はすぐできそう」

「そこはミルクって言ってよ」

「余計なお世話だお茶うけ娘」

「誰がお茶うけ娘だ」

幸一郎との会話はすぐに脱線するから困る。

「メープルシロップとミルクって洗いもの増えそう」

「夕食の時に一緒に洗えばいいだろ。俺やるし」

「仕事増えるから結構です」

「失礼な」

話をしているとメープルミルクティーを飲みたくなって私は立ち上がった。棚を開けるとメープルシロップの瓶は空だった。

（空になったら捨てろ馬鹿者）

仕方なくハチミツで代用する。これはこれでおいしそうだ。一口飲んでローテーブルに戻ると幸一郎は壁に寄り掛かってうたた寝をしていた。

（いたずらしてやろ）

ちゅっと唇を重ねると幸一郎は身じろぎして目を開けた。

「寝込み襲うな。お茶うけ娘」

「それいつまで引っ張るのよ」

キスへの言及なしで憎まれ口はとは可愛くないやつだ。

「なんか唇甘い」

幸一郎は唇をなめて不審げに眉をひそめた。

「あ、メープルティー飲んだろ」

「味覚音痴め。フードライターの看板下せ」

「んあ?」

なんとも間抜けな声を上げ、私を押しのけてマグカップに手を伸ばす。

「あ、こら」

止める間もなくごくごく飲んで「これハチミツか」

「一口飲めばわかるでしょうが! あー、半分になってる。馬鹿。おバカ!」

「ぬるかったから」

「理由になるか。ミルク多めに入れたの。あ、どこかのフードライターさんは味覚音痴だからこんだけ飲まないとわからないんだ」

「前情報がなければ絶対間違えなかった」

幸一郎は言い張った。

「言い訳がまし」

「次は絶対当てる」

売り言葉に買い言葉。実にくだらない。これでふたりともアラサーというのだからあきれ返る。とまあ、大抵後からふたりとも冷静になって次の日には忘れていたりするのだが、今回はなぜか幸一郎がこだわりだした。次は当てる、アレンジティーは作らないのかと朝から私の周りをうろつくようになった。アレンジティーなんていざとなれば面倒だし、紅茶が飽きたならコーヒーを飲めばいいとばかりに幸一郎を無視してインスタントコーヒーを飲んでいたのだが、あまりのうるささに私も根負けした。私が一日二回アレンジティーを淹れ、幸一郎が当てるという変なゲームが出来上がった。最初は一口飲ませて当てさせようとしたのだが、それなら誰でも当たると謎の駄々をこね始めたので私が飲んで幸一郎がキスして当てるというさらに変なルールが追加された。本当にいつまでこれをやるつもりなのだろう。私はアレンジティーを楽しめていいけれど幸一郎は実質なめているだけだ。初日のハニーミルクティー以外はそれ以上欲しがろうとしない。味覚音痴って言われたのそんなに気にしているのかな。

夜はお子様厳禁、白ワインを入れて……これなんて言うんだろう。白ワインティー？　きっともっとおしゃれな名前があるのだろう。お風呂から出てきた幸一郎が目ざとく飲み終わったカップを見つけて「飲んだばっか？」と聞くからほろ酔い気分でうなずいた。幸一郎は当たり前のように唇にキス。

「なんだこれ」

「んふふー」

リビング兼寝室の広いだけが取り柄のワンルーム。ベランダに面した窓を全開にして、網戸だけ閉めれば火照った体に夜風が気持ちいい。

「酒?」

「それはあたし見ればわかるでしょ」

どうせ顔が赤くなっているんだから。

「あ、こら唇なめたらわかんないだろ」

もう一回キス。

「どお?」

「あ、ワインだ。白ワイン」

「当たりー。かわいくないなー」

「なんで当てられたのに罵《ののし》られなきゃならないわけ。寝ろ。酔っ払い」

「明日仕事休みだもん。えっへっへ」

じゃなきゃアルコールなんて取らない。ようやく今日脱稿したのだ。もっともすぐに次の仕事があるから休みは一日と決めているのだが。

「おやすみー。あたしはもういっぱい飲も。つまみ作ろ」

「あ、お前ずるいぞ」

「フードライターさんのために目の前でおいしいもの食べて実況してあげるね」

立ち上がって冷蔵庫を開ける。

「あ、カナッペできるじゃん。クリームチーズとアーモンドペースト、生ハム見っけ」

「ばか。それは明日俺が食うの。つかそれ俺の小遣いで買ったんだからな」

幸一郎が慌てた声で走ってきた。ケチめ。

「じゃあ、サラミで我慢してあげよう」

「それも俺の小遣い！」

「チョコレートムースで手を打とう」

「なんで全部俺のなんだよ！　卵でも食って寝ろ」

「あ、ミルクセーキ作ろ」

「そっちの瓶の牛乳使うなよ！　パック使えパック！」

今日は雨だからベランダに足だけ出して座る。しとしと降る雨を見ながらココナッツミルクティー。なんだかエキゾチックで不思議なお味。フードライターといると謎な食べ物やら飲み物が増えるからアレンジティーを作るのに不自由がなくていい。

「なんだこれ」

唇を離して幸一郎が言う。

「チャイっぽいけど違うな。スパイシーじゃねえし」

「おお、フードライターっぽい」

「フードライターだっての」

「もう一回する？」

「ん」

あろうことか舌までなめた。

「あ、ばか」

「いいだろ別に」

「よかないわ。これで外したら私《あたし》の今日のランチは瓶のミルクとバケットにサラミと生ハムのっけてデザートにチョコレートムースだからね」

「はあ!? ふざけんな。合計でいくらしたと思ってんだそれ。つか、せめて俺の分も作ろうとか言えよ」

「して、答えは？」

「え、えーっと、あれだ。ヨーグルト？」

「いえーい」

ミルクティーをのみほして立ち上がる。

「あ、こらマジでやめろ」

幸一郎は慌てて立ち上がると唇を合わせてきた。

「わかった！　あれだろ。ココナッツミルク」

仕方ない。出前にしてやるか。


今夜は焼きリンゴティー。香りでばれないように窓全開。雨の日の夜風は寒いけど焼きリンゴ作っているときは気持ちがいい。幸一郎は入浴中。アップルティーじゃ正解にしてやらない。

「よしできた」

焼きリンゴができたらカップに入れて紅茶を注ぐ。流石に寒くなってきたので窓を閉めてお片付け。終わる頃にはいい塩梅で焼きリンゴティーができている。

「あ、これ美味しい」

思わず言葉がこぼれ落ちる。

「どれどれ」

ちょうどお風呂から出てきた幸一郎が唇を合わせてきた。

「アップルティー」

「ぶー」

ひっかかったな。ふっふっふ。最近、当てられるようになってきたから引っかけ問題だ。

「あ？　なんでだよ。リンゴだろ」

「黙秘権行使中」

「唇に聞くからいいです」

「うわ、少女漫画の台詞」

「黙って。味消える」

キスのときは目を瞑っているけれど、今は目を瞑るタイミングを逃してしまった。

「やっぱりリンゴだろこれ……いやなんつー顔してんのあんた」

こっちの台詞だ馬鹿者。目をさらっと細めやがって。


今朝はさわやかに梅シロップティー。いつもみたいにベランダに出て飲む。目の前の桜の青葉が朝露に光って宝石みたいだ。今朝は絶対に当てられるだろうけど、多分幸一郎は来ない。締め切りで忙殺中だからだ。だから別にアレンジティーじゃなくてコーヒーでいいのだけれどなんとなく作ってしまった。

「また作ろうかな。美味しいし」

なんなら飲ませてあげよう。幸一郎は多分これ好きだ。

夜はアイスチョコミルクティー。執筆で疲れた頭にちょうどいい。どうせ幸一郎は当てに来ない。口もきかずにひたすら執筆だ。アイスチョコミルクティーは意外にさっぱりしていて悪くない。レシピ本ではホイップクリームを載せているがめんどくさいので省いた。省いた方が好きかも知れない。これは大当たりだ。大当たりだが、

（なんか物足りないな）

理由は検討がついている。習慣というものは恐ろしい。ため息をついてお茶を飲み干し、頰を叩くと執筆に戻った。

今朝はマスカットティー。マスカットを半分に切って茶葉と蒸せば完成だ。本当にちょっとひと手間でこんなに美味しいとは、考えたひとは天才だ。洗濯物を潜り抜け、風に吹かれながら一口飲む。

「おはよー」

無精髭男がよたよたとやってきた。何だかんだで徹夜したらしい。

「太陽が黄色い」

「同じく」

徹夜こそしなかったが、寝たのは日付が変わって何時間後だろうという時間だった。思ったより筆が進まなかったのだ。無理に進めたので恐らく酷いできだろう。読み返すことを考えると嫌になった。

「あ、待て。喋るな」

顎に手を伸ばして来たので目を瞑る。唇が重なった。

「マスカット」

「あってるじゃん。エライエライ」

「フードライターですので」

「根にもつねえ。あ、仕事上がった？」

「なんとかな。次の仕事が待ってるけど。あー、やだやだ」

「この世界でその文句は万死に値しますよ」

「全くもっておっしゃる通りです」

幸一郎は私の手から水筒をもぎ取ると勝手に飲みだした。

「あ、こら」

「いいじゃん。昨日飲めなかったんだし」

「なめてるだけじゃん」

「昨日なんだった」

「梅とチョコミルク」

「俺が飲まないときばっかりうまそうなの作るな」

「そう思うなら水筒返せ」

「はい」

「ほとんど残ってない！　小学生か」

「チョコミルクティーってどうやって作るの？」

「チョコシロップ」

「お前また俺の」

「偉そうに。戸棚でほこりかぶってましたよ」

「せめて一口寄越せよ。あ」

「なに」

「スマホ光ってるよ」

時刻を見てぎょっとする。データ送る時間過ぎてる！

「あーもう！　幸一郎のせいだからね」

幸一郎を押し退けて洗濯物を潜り抜け、部屋に戻る。幸一郎と話すと時間の観念がなくなるから本当に困る。

今夜は頭を冷やしたくてアイスラズベリーティーのスカッシュ。炭酸が気持ちい。予想通り担当編集者には怒られるし、大幅に修正入るしで散々だった。でもまあ、最終的には丸く収まり、こうしてスカッシュを飲んでいるのだから贅沢は言えないか。

「うまそうなの飲んでるな」

氷をからからさせていると幸一郎がソファベッドから降りてきた。夕飯を食べてそのまま寝ていたのだ。寝起きで喉が渇いているのか声がかすれている。

「はい」

まだグラスには半分くらいスカッシュが残っている。アラサーには貫徹はなかなかに厳しいくらいわかっているからサービスだ。

「んー」

幸一郎はグラスを受け取り、私の横に座ると唇を重ねてきた。

「炭酸」

「グラス見て言ったでしょそれ」

私の言葉を無視してスカッシュを飲み干す。

「ぶー。ルール違反です。罰としてグラスを洗うこと」

「しかたない。ついでに梅シロップティーでも飲むか。昨日飲めなかったし。飲ませてくれなかったし。俺かわいそう。梅シロップティー飲みたかった」

「今朝からアラサーの小学生がいるんですけど」

梅シロップティーは一杯しか作らず、しかも自慢しながら飲まれた。お前のあだ名は幸坊っちゃんだと言ったら喜ばれた。アラサーの貫徹は体だけでなく頭にもよくないらしい。

「クランベリー」

ついに紅茶がそこをついた。元々、紅茶の大量消費のためにアレンジティーを作り出したのだ。売り言葉に買い言葉で始めた変なゲームも今日で終わりだ。

最後は絶対にわからないのにしてやろう。マサラティーだ。生姜とシナモンスティックとカルダモンとクローブを入れたミルクティーだ。キスだけでは流石にわかるまい。シナモンが精々だ。マサラティーという答えはもちろんありだけど、これはスパイス全部当てるより難しいだろう。幸一郎はフードライターだが、そこまではわかるまい。

「おっ前これずるいだろ。いっぱい入れたな。シナモンだけじゃねえ」

「おー、さて他はなんでしょう。総称でもいいよん」

「もっかい」

「何回やっても同じでしょ。まあ、これが最後だからゆっくり考えたまえ」

「は？」

　幸一郎は眉をひそめた。

「なんで」

「もう紅茶ないもの」

「買えばいいじゃん」

「いや、元々の趣旨は紅茶の大量消費でしょ。なんか変なゲームがオプションでついちゃったけど。聞いてる？」

　幸一郎はスマホをいじって返事をしない。

「今、買った」

「はい？」

「業務用茶葉」

「いらんわ！」

「明日には届くって」

「アホなの？」

「あ、生姜入ってる。あとからきた。もう一回飲んでからキスしたらわかるな。これ」

「いやー、無理だと思うな」

あ、わかった！　ゲームを続けたい理由。

「最後のゲームで負けたくないんでしょ。勝ち逃げしたいなんてこっどもですねー」

「ああ、もう！　いいからキス‼」

結局、このゲームは私の勝ちだった。ふふん。

「お前こそ恋愛小説家の看板下せ。バーカ」

幸一郎はベランダから出ると呟いた。

正解なんてどうでもいいのだ。キスのためにやっているのだから。明日のキスはなに味だろう。

吾輩は椅子である

笹松しいたけ

吾輩は椅子である。——ふたつ前の家から主人に付き添ってきた。引っ越しの多い彼のところに肘置き付きの椅子として迎え入れられたのは何年前の話だったか。パソコンショップで正月初売りに合わせて、そう高くはない値段で買ってもらった当時、まだ彼は高校生だったように思う。いわば実家だろう、彼は親御さんと一緒に暮らしていた。学習机付属の椅子ではなく、肘置きのついた椅子が欲しいということで迎えられたようだ。

成長に合わせて高さを三段階に組み替えられる「先代」は10年以上にわたって彼を支えてきたが、いよいよキャスターがヘタってきたり、ネジ穴が効かなくなったりと、寿命を悟っていたようだ。これから先の彼を頼むと言い残し、自治体の回収車に積み込まれていった。日に焼けた子供向けキャラクターのシールが哀愁を誘う。

それからというもの、毎日彼を支えることとなった。勉強熱心なのか、日頃遅くまで机に向き合う彼を支え、自慢のガス圧昇降機能で用途に応じて高さを変えてやる。時折の息抜きの際はこちらとしても元々ない目を閉じてやることも造作ない。なにしろ彼は私に見られているという意識はないわけだから。

人の恋路に口を出すと馬に蹴られるとはよく言ったものだが、物理的に口を出せないのだから許してもらおう。彼が誰かと携帯電話でメールをしながらそわそわと返信を待っている間、私の座面をくるくると回しているときも支えていた。程なくして携帯が震え、所望の返信が得られなかったのか、ガックリと肩を落としがてら座面の高さを思い切り下げ、ドスンと衝撃を受けてずるずると姿勢を崩したのもその頃だったように思う。夏の夕方、文化祭の準備だかから帰ってきて制服のまま力が抜け、だめかあと小さく吐き出した彼の姿は、商業作品にあるような綺麗ではないけれど、それでも青春だったように思う。

彼はよく努力したのだろう、ある春先の日に大学へ合格したようだった。ここからは通えぬ距離であるから、大学のそばで下宿をするだろう、そしたら私は用済みだろうと思いこんでいると、あれよあれよと言う間に引っ越し業者のトラックに積み込まれていた。残念ながら荷台には窓がなく、どこを走っているのやらわからないままゴトゴトと運ばれた。

アオリ扉が開くと、街の背後には壮大な連峰がそびえ立ち、どことなく冷涼な空気が流れ込んでくるようなところだった。彼の実家しか知らずに寿命を迎えるかと思っていたが、新鮮な景色を目の当たりにすることができた。さして高価でもないだろう私のような椅子を転居先に連れてきてくれることはありがたい。

慣れない一人暮らしの彼を支えながらの日々はなかなか面白かった。初めて自炊とやらをして、どうにも味が奇天烈で納得行かなかったときに思い切り背もたれを使ってなんでだと小さく叫んだのも忘れられない。しばらくして食べられるものが作れるようになったらしくそれは嬉しいことだ。時折友人を連れてきて自宅で酒宴を開いていたこともあった。デスク・チェアと相性が悪いため私は隅に追いやられてはいたが、まあ主人が楽しそうなのでよい。

大学生活の合間に彼女でも連れ込んでみないものかと思ったが、それらしき仲の相手はとんとお目にかからなかった。その点だけは椅子の分際でちょっぴり心配になってしまった。今となっても心残りかもしれない。

なんと就職先にまで連れて行かれた。彼はどこかケチなところがあったように思う。経済の知恵と書いて経知――ケチ――なのだ、という言い訳もできよう。しかし、私にとって残念だったのは、新しい椅子にバトンタッチする日がそう遠くないということでもあった。新生活が落ち着いて、給金もそこそこに余裕があるとなると、高校生がお年玉の一部で買えてしまうような椅子はお役御免なのである。

どうやらこの部屋は彼の仮住まい、配属されてから1年限りの住まいであったように思う。春夏秋冬と通して、二度目の春を迎えるあたりで再び部屋は引っ越し業者の白いダンボールで埋められつつあった。机の上にはこの街の市章があしらわれた粗大ごみの処理券が置かれている。彼が仕事帰りに買ってきたものだろう。どこかに電話をかけて来週月曜日の、などというやりとりも聞こえる。

まだ私は信じたくなかったらしい。確かに私は立派な稼ぎのある人間に似つかわしい椅子ではない。いつの間にやら肘置きもどこかに行ってしまい、座面はヘタってぺったんこ、キャスターも5つあるうちのひとつふたつは満足に回らず、自慢のガス圧昇降機能も、ここのところ調子が悪い。もちろん彼の物理的な成長も影響したろうけれど、椅子としての役目を全うできていないのではないかと自覚もしていた。

その週の日曜日、ついに引っ越しの搬出がなされた。私はなかなか運び出されない。……いや、認めたくなかったのだろう、背もたれには粗大ごみの処理券が貼られた自分というものを。デスク、パソコン、引き出し、食器、本棚、家電、家具のすべてが搬出され……彼の鞄とゴミ袋がひとつ、粗大ごみの処理券を貼られた私だけが、彼とともに残った。

最後のご奉公とばかりに彼の体重を支え、物がなくなり、やけに音が響く部屋で座面を回転させられる。ああ、私は後任の姿を見ることなく彼とお別れなのだろう。

ややあって、不動産屋の引き払い担当者がやってきて、やれ傷がある、やれ掃除代が掛かるなどという指摘を彼がのらりくらりと躱《かわ》していくのを見た。荷物を背負い、ゴミ袋を持った彼に引きずられるように玄関から廊下に出た。コンクリート打ちの廊下をガラガラと、転がりの悪いキャスターが削れているようなガリガリという音もさせながら1年を過ごした部屋から遠ざかる。かつ、かつと階段を一段ずつ少し支えられながら降りていく。駐車場のアスファルトが更にキャスターを痛めつける。痛い痛いと抗議の声も上げられず、まだかろうじて転がるキャスターに勢いを残して粗大ごみ置き場に放られた。周りを見渡せば、同じような境遇でお役御免となったであろう、タンス、流し台、机、椅子、食器棚、ベッドマットやらが身を寄せ合っており、これはこれで寂しくなさそうだ。……んなわけあるか。高校・大学・新卒と10年弱支えてきた彼とお別れだ。ほんの少し名残惜しそうに私を見やった後、可燃ゴミを回収ボックスに放り込んで姿が見えなくなった。お見送りは姿が見えなくなるまで、それを果たしたのだから私の仕事は終わりだろう。これからも元気に過ごしてくれればいいが……後任はちゃんと彼を支えられるような良い椅子だろうか。それだけがただただ心配だ。

ややあって、彼がバスに乗って私の目の前を通っていった。正真正銘のお別れだ。値段からすれば十分に役目を全うできて幸せだったように思う。バスが車体を揺らしながら駅へ向かって走り去る。今までありがとう。後任によろしくな。

我が家の洗濯機は付喪神《つくもがみ》

ピッチョン

一人暮らしを始めるときはワクワクした。

何もないがらんとした部屋。ベランダから差し込む日差しが白い壁やフローリングを明るく照らしている。これからここに家具やインテリアを配置し、私の好きなように部屋を作れるのだと思うと言いようのない嬉しさが湧き上がってきた。あれは小さい頃にお絵かき帳をもらったときの気持ちに似ていたかもしれない。

家具や家電選びは私がひとりでやった。色んなお店を回りながら予算内でどれを買おうか悩むのは楽しかった。

特に記憶に残っているのは洗濯機だ。購入する家電にだいたいの目星をつけた帰り道、通りがかったリサイクルショップでたまたまその洗濯機を見つけた。型は古めだったが汚れや傷はほとんどなく、お値段も安い。何故だか妙に気になってお店の人に話を聞いてみると詳しく教えてくれた。

前の持ち主はこの洗濯機を人から貰《もら》ったのだがタイミング悪く自分で新しいのを

買ってしまい、返すことも売り払うことも出来ずに倉庫で眠らせていたらしい。それでしばらく経ってすっかり忘れていたときにこの洗濯機を見つけ、もういいだろうということでこのお店に売ったのだという。動作確認や掃除を済ませ店頭に出したのは今日が初めて。

私は何となく運命めいたものを感じてその場で購入を決めた。後悔はしなかった。実際使う分には何の問題もなかったし、私も定期的にカビ取りや洗浄をするようにしていたので四年経った今でも洗濯槽から嫌な臭いひとつしたことがない。

ただまぁ、人間というのはより楽をしたがる生き物で。部屋を飾るインテリアは見た目重視にしても、日常で使用する家電は便利であればあるほどいい。

「そろそろ洗濯機新しいのにしようかなぁ」

座卓にノートパソコンを広げ、タッチパッドに指を滑らしながらぽそりと呟いた。

今の洗濯機に不満があるわけではない。しかしそれ以上に洗濯乾燥機という文字に惹《ひ》かれてしまうのだ。

社会人になってそれなりに貯金もある今、家電に対する予算も多く用意出来る。家電への投資は生活クオリティへの投資。向こう十年の暮らしが向上するのであれば安い買い物だ。

「新しい洗濯機なんて要りません！」

「⁉」

急に廊下から女性が飛び出してきて私の心臓が跳びはねた。背は少し低めだが年齢は私と同じくらいだろうか。和服に割烹着《かっぽうぎ》という古風な恰好をしている。

割烹着の女性は勢いそのままに私に迫ってきた。

「今の洗濯機だってまだまだ使えるじゃないですか！　そんなに若い子の方がいいんですか⁉　女房と鍋釜は古い程良いと言いまして、いや別に私は女房でも鍋釜でもないですけど、とにかく少し古くなったからって簡単に捨てるなんて人情に欠けるとは思いませんか⁉」

一気にまくしたてられその圧力に押されながらも私は言葉を差し挟んだ。

「ちょ、ちょっと待った！」

「なんですか？　言い訳ですか？」

「いきなり現れて何のことを言ってるのかさっぱりだし、そもそもあんた誰よ？」

スマホを握り、いつでも１１０番出来る準備をしておく。

女性はハッと表情を変えて「失礼しました」とその場に正座をして三つ指をつく。

「私はなずな様に救っていただきました洗濯機でございます」

「……は？」

「かような姿でお会いするのは初めてではありますが、どうぞよろしくお願いいたします」

しずしずと頭を下げる女性を、私はぽかんと見つめていた。

押し込み強盗か変質者かと思っていたら、洗濯機でございますときたか。なんだその日本昔話的な展開は。しかしこいつがホントに変質者なら私の名前は知っていても、四年も前の入居時に洗濯機をリサイクルショップで買ったことなんて知っているはずがない。

私は首を伸ばして廊下の先――玄関横のスペースに目をやった。いつもなら洗濯機が鎮座しているのだが、薄暗がりのそこには何もないように見える。

「ええとその、つまり洗濯機が人間に化けてるってこと？」

「化けてると言いますか、これまでいただいたなずな様からの愛と私の想いが合わさり形になった結果がこの姿、ということですね」

「いや意味わからん」

「要するに私は付喪神《つくもがみ》です。なずな様が私のことを大事にしてくださったことと、捨てられたくないと願った私の心が奇跡を起こしたんです」

「………」

私はパソコンの検索に『つくもがみ』と打ち込んだ。出てきた概要に軽く目を通す。

「……付喪神って百年くらい経たなきゃなれないんじゃないの？　つくもは九十九のことで長い年月を指すって書いてんだけど」

伊勢物語の和歌で老女の白髪を『百年《ももとせ》に一年《ひととせ》たらぬつくも髪』と表したことから九十九をつくもと読むようになったらしい。ツクモという植物の束が白髪に似ていたのでその言葉に掛けて詠んだのが広まったとか。

だいたいあの洗濯機は平成に製造されてるはずなのに昭和みたいな服装をしてるのもおかしな話だ。

やっぱり嘘なんじゃない？　という私の視線を受けて自称付喪神が自信満々に答える。

「そんなの私に分かるわけないじゃないですか。いつも私を綺麗に掃除して丁寧に使ってくださったなずな様の愛情が百年分に相当したとかですよ。多分」

「多分、て……」

「細かいことはいいんです！　でしたら証拠をお見せしましょう」

彼女が両拳を握り「んんん！」と力を入れると、まるで手品のように洗濯機に姿を変えた。見た目も使用感も確かに私が買った洗濯機に違いない。

「どうです？　これで信じていただけました？」

蓋をぱかぱか開閉させながら洗濯機が喋った。そこが口なんだ。

「ま、まぁさすがにこんなの見せられたら……」

洗濯機の前面を触って感触を確かめたとき。

「ひゃ！　き、急にそんなとこ触らないでください！」

「あ、ごめん」

手を引っ込めて気付いた。なんで私が自分の洗濯機を触って怒られなきゃいけないんだ。

「……とりあえず人の姿になってもらっていい？」

「わかりました」

むむむ、と唸《うな》ってから洗濯機が先程の割烹着の女性に戻る。と、急に眉間に皺を寄せて自分の足元を見た。つられて私も見る。そこには小さな水たまりが出来ていた。

「あぁぁぁわわわわっ！　も、申し訳ありません！　なずな様のお部屋で粗相をしてしまうなんて！」

言い方がアレだが、つまり洗濯機状態のときに下の排水口から水が漏れたのだろう。というか注水と排水のホースはどうやって外したんだ？　洗濯機から腕がにょきりと生えてホースを引き抜くところを想像して背筋に寒気が走る。

「ちょっとしか零れてないしティッシュで拭くからいいよ」

すぐにティッシュで水を拭きながら、そのティッシュ箱を彼女に差し出す。

「足濡れてたらこれで拭いちゃって」

「なずな様……さすが慈愛に満ちたお心……」

「あーはいはい」

とりあえずこの女性がどういう芸風の人なのかはよく分かった。

色々落ち着いてから改めて私達は向かい合って座った。

「それでえぇと、まずは名前から聞いてもいい？」

「名前はありません」

「商品名とかは？」

「アルファベットと数字の組み合わせなので」

んー、と私は考えた。洗濯機と呼ぶのも違和感があるし、呼び名がないと少々不便だ。

「じゃあセンさんって呼んでいい？　洗濯機だからセンさん」

「――――」

センさんがぱぁと顔を明るくする。

「お名前までいただけるなんて、恐悦至極でございます！」

「そういうのもういいから」

適当に手をぱたぱたと振って本題に入る。

「んで、センさん的には私に新しい洗濯機を買って欲しくないんだよね？」

「はい」

「その理由は？」

センさんが手のひらで自分の胸をばんと叩く。

「洗濯は私ひとりで十分だからです！　まだまだ現役なんですから働かせてください！」

「そうは言うけどさ、センさんに乾燥機能ついてないじゃん」

「う――」

「これから梅雨になって雨が続いたりすると乾燥機能のあるなしで大きく変わるんだよ」

「でしたら乾燥機だけを購入なされては？　そうすればなずな様も私も幸せになれます」

「二台だと場所取っちゃうし、一台で全部賄《まかな》えるならそっちの方がよくない？」

「新参者になずな様の衣服の洗濯を任すわけにはいきません！　絶対失敗するに決まってます！」

洗い方うんぬんに関しては私がボタンを押してコースを決めてるのであって、洗濯機側が関与できることではないと思うのだが。関与されたら逆に困る。

「センさん、あなたが造られた時代からもうだいぶ洗濯機業界も進んでるの。あなたと同じくらいの洗浄力を持ち、あなたよりも節水出来るエコな子たちがたくさんいる。もう——世代交替してもいいんじゃない？」

洗濯機業界のことなんて何も知らない。ただこうやって情に訴えた方が効くと思っただけ。

実際センさんに少なからず効いているようだった。

「くうっ……知ってました……どんどん下から有能な子たちが生まれ、私が過去の遺物として追いやられていることに」

「そうそう。だから私のことは新しい子に任せて、センさんはどこか神社かお寺でゆっくりしてちょうだい」

「供養する気満々じゃないですか！　私は出て行きませんからね！」

気付かれたか、と胸中で舌打ちをする。正直、人の姿のセンさんを見てしまったから普通に処分はしづらい。なのでこっそりそういう専門の人達にお願いしようと思ったのだが。

「はぁ……わかった。じゃあセンさんが最新のドラム型洗濯乾燥機より優れていると思う点をあげていってよ。それでうちに置いてもいいやってなったら引き続きお願いするから」

「なずな様への愛があります！」

「気持ちとかじゃなくて、もっと私に実利のあることを言って？」

「えぇと……じ、自分で洗濯物を干したり畳んだり出来ます！」

その手間を減らすための乾燥機能なのだが、まぁ電気代の節約になる分にはいいのか。

「それは確かにセンさんにしか出来ないことだね。っていうかホントに出来るの？　自分の中にある洗濯物をどうやって取り出すつもり？」

「やったことがないので確かなことは言えませんが、おそらく人の姿になった後にこう、口からどさっと」

センさんが洗濯物を吐く光景を想像して気持ち悪くなった。

「却下却下！　だいたいセンさんが歩いたら床が濡れるでしょ」

「うぅ……」

「人型を活かすならさ、掃除とか料理とかは？　お手伝いさん的な立ち位置ならアリじゃないかと思うんだけど」

センさんがふっと笑う。

「なずな様」

「なによ」

「私は洗濯機ですよ？　洗濯関係以外のことが出来ると思いますか？」

「――さて、うちから近いとこでいわく付きの家具を引き取ってくれるとこは
……」

「あぁっ、やります！　家事全般やらせていただきます！　いやもう、なんだったらなずな様の足だって舐めますので！」

「こら、足に触るんじゃない！」

「本当に何でもしますので私をここに置いてくださいぃぃぃ！」

「わかったわかった！　捨てたりしないから！」

私に抱き着いて泣き喚くセンさん。付喪神というのに神としての威厳もへったくれもない。

だからリサイクルショップで初めて見かけたあのとき、放っておけなくなったのかもね。なんて一人で苦笑しつつ。

「あ、なずな様、ちょっとまずいかもです」

「何が？」

「あぁ、あぁぁ——！」

何の前触れもなくセンさんが大声をあげた次の瞬間、その体が洗濯機に変わった。よりにもよって横座りをしていた私の膝の上で。

「ちょぉーっ⁉」

倒れそうになる洗濯機を慌てて両腕で抱きとめた。

「あん」

「変な声出すな！　いきなりどした？　早く戻ってよ！」

「いえ、それが出来ないんです」

「なんで⁉」

「どうやら人の姿になるにはなずな様の愛が必要なようでして」

「さっきもそんなこと言ってたね」

「私の中に蓄えられていたなずな様の愛の残量がゼロになってしまったみたいです」

「百年分の愛が溜まったとかいう話は⁉」

「所詮いち家電への愛情ですから。量はあっても質が足りなかったんでしょう」

「あぁもうっ、何でもいいからこの状況なんとかしてよ！　重くて床に降ろすのムリなんだけど！」

「そんな、36kgしかないのに」

「人だったら軽いけどそれを全部足で支えてる私の身にもなれ！　っていうか冷《つめ》た！　私の膝があんたの粗相で濡れてるっ！」

「まぁ！　それはその……恥ずかしいですね」

見た目洗濯機なのに頬を染めた顔が見えた気がしてめっちゃムカつく。

「とにかく、一瞬でも人型になれるように頑張ってよ！」

「それなら簡単です」

「はぁ⁉」

「なずな様が私に愛をくだされぱいいんです」

「具体的に！」

「撫でたりキスしたりしてください。そうすれば質の良い愛情が私の中に溜まるはずです」

「…………」

洗濯機にキス。字面がバカバカしいことこの上ないが、いいかげん太ももから下が痛くて限界だ。

抱きとめた状態で顔を前に向ける。適当にさっと唇を付けてしまおう。

「あ、変な所にキスしないでくださいね」

「うっさいわ！」

洗濯機の前面の上寄りのところにキスをする。唇が無機質な金属にぴっとりとくっつくと「んぁっ」と鼻にかかった声が聞こえた。

「……もういい？」

「ダメです。もっと愛を込めてたっぷりキスしてください」

こうなりゃヤケだ。吸い付き、離し、吐息を含ませながら私はキスをし続けた。

客観的に見たら自室で洗濯機を抱き締めてキスをしてるヤバいやつなのだが、考えないようにしておく。

「はぁぁ、最高ですぅぅ」

いつの間にか唇に伝わる感触にあたたかみが宿っていた。

見るとすでにセンさんは人間の姿になり、鎖骨あたりにキスをされながら恍惚に身悶えていた。着崩れた和服と割烹着が少し色っぽい。

「………………」

私は彼女を膝から降ろすと無言でティッシュで唇を拭いた。横から不満が飛んでくる。

「えぇ〜、もう終わりですかぁ？」

「もう洗濯機に戻っていいから」

「なんでですか！　この姿じゃないとお手伝いできないですよ！」

「いやもう、いいから……」

「イヤです～！　なずな様のお役に立つんです～！」

だだをこねていたセンさんだったが、ふと動きを止めて私を見つめた。その虹彩が妖しく輝く。

「そうだ、夜伽《よとぎ》のお相手をすればいいんだ」

「――は？」

じりじりと私の方ににじり寄りながらセンさんの口元が悦に歪んでいく。

「そうすればなずな様に喜んでいただけてかつ、私にも愛情をいただける……」

「そこに私の意思は⁉」

「なずな様」

「なに？」

「私のことは道具だと思ってお使いください」

「道具が主人を襲うかっ！」

「あ、なずな様のズボンが濡れていますね脱いでしまいましょう」

「おまえの粗相だろうがぁ‼」

センさんの愛の残量が再び無くなるまで、私の貞操を守る戦いは続けられた。

数日後。我が家に新しい洗濯機がやってきた。

「なずな様！　これすごいです！　ほかほかです！」

乾燥の終わった洗濯物を入れたカゴを抱えてセンさんが部屋に戻ってきた。

私は大きめのリクライニングの座椅子に座ったままのんびりとテレビを見ている。

「そりゃ乾燥機能付きだからねぇ」

「さすが私の後輩ですね」

最初こそ嫌がっていたのに一度使っただけでもう得意げになっている。自分の居場所が確保されていればどんな家電が来ようと別に気にしないのかもしれない。

センさんはカゴを横に置いて私の膝の上に座ると、視界の邪魔にならないように洗濯物を畳み始めた。

「なずな様！　なんかパチパチいってます！」

「そりゃ静電気が溜まってるんだねぇ」

「触って大丈夫なんですか？」

「死にはしないけど、あー家電製品に静電気ってあんまりよくないか。明日静電気除去のやつ買ってくるよ」

「ありがとうございます」

「今日のところはこれ使って」

近くにあった衣類用消臭剤の霧吹きを洗濯物に掛ける。

「こうやれば少しは静電気消えるはずだから」

「おぉ〜」

「あんまり掛け過ぎたら湿っちゃうから適度にね」

「わかりました」

意気揚々と畳むセンさんの頭を後ろから撫でる。こうすることで愛情の補給を行っている。

ハグや触れ合い、口以外の場所にキスでも人の姿を維持するだけの愛情が貯えることが分かった。なので今のところ夜伽は回避出来ている。出来てはいるが。

「なずな様、おやすみなさい」

「はい、おやすみー」

電気を暗くし、センさんが私の腕の中で眠りについた。これも愛情補給の一種。寝ている間もこうして触れ合っていると明日私が仕事から帰ってくるまで洗濯機に戻らないで済むのだという。

問題はこれだ。

可愛くて自分に尽くしてくれて抱き締めると柔らかくて良い匂いがする女の子と毎晩一緒のベッドで寝て、意識するなというのが無理だ。ましてや未遂があったから尚のこと。

こやつはホントに元が洗濯機だったのだろうか。安らかな寝顔を眺めていると全部騙されているんじゃないかとさえ思えてくる。

でも現実だ。彼女は洗濯機の付喪神。神なのかどうかはともかく、私と一緒に居たいがために人間として姿を現してくれた。そこまで想ってくれるのなら、応《こた》えてあげるのがご主人様としての務めではないだろうか。

まぁそんな大層な考えよりも単純に私自身がこの子と仲良くなりたいと思っているだけなのかもしれないが。

家事を頑張ってくれている我が家の神様の額に、私は感謝を込めてそっと口付けをした。

半ひきこもりOLが異世界に召喚された結果。

Endo

1

「やっと……着いた……」

岩屋凪《いわやなぎ》は、そう絞り出すように呟いて、彼女の城である1R《ワンルーム》の灯りを点けた。

ドアに鍵をかけ、チェーンも掛ける。それで一気に気が抜けて、糸が切れたようにくたりとソファに沈み込む。

別に、大冒険の帰りではない。普段通りに会社から帰宅しただけだ。

そして別に、ブラック企業に勤めているわけでもない。今日は残業もなしで帰って来られたため、時刻はまだ午後七時前である。

だがしかし――ブラック企業でなければ平気だなんて、誰が決めたのか。

向き不向きは、人によって違う。そして凪にとっては、家を出ること自体が向いていないのである。家を出ること、他人と会うこと、言葉を交わすこと、作り笑いを浮かべること。その全てが億劫で、苦痛で仕方がない。だから、家に帰る頃にはいつでも疲弊しきっているのである。

特別な才能があったならば、家から出ることなく個人投資家などで暮らしていただろうが、残念ながら凪にはそういう才能はない。

人並み程度に勤勉ではあったので、嫌だ嫌だと思いつつもフルタイムで働き、糊口をしのぐ日々である。

心を病んでいるわけではない。ただ家が好きすぎるだけだ——と凪は思っている。メンタルクリニックに行ったことはないから、もしかしたら『自宅好きすぎ病』みたいなものに罹《かか》っているのかもしれないが。

そんな凪にとっての帰宅、特に金曜の夜の帰宅は、至上の幸せに満ちたものであった。あと50時間以上も外に出なくていいなんて——実際は日用品の買い出しに出かけることが多いけれど——なんて幸せなんだろう！

凪は、柔らかな一人用ソファに埋もれて、一日分の精神疲労を存分に癒した。

……ああ、馴染んだ匂い……だけどちょっと臭いかも。明日、掃除しなきゃ……。

——と思っている間に、眠り落ちてしまったらしい。

ふと気が付くと、部屋には朝陽が差し込んでいた。そして玄関からは、彼女の城を脅かす忌々しい物音が響いている。

「……へ？　何……!?」

うつ伏せで寝ていたせいで垂れた涎《よだれ》を腕で拭って、寝ぼけまなこで玄関に向かう。

ガチャガチャ、と外側からひっきりなしに捻られるドアノブに、凪の眠気が吹き飛んだ。

自宅を愛する者というものは、基本的に自宅というテリトリーを侵されることを恐れる。凪ももちろんその例外ではなく、異常なほどに怯え、そして憤った。

何だよ!?　せめてチャイムにしろよ、警察呼ぶぞこの×××野郎！

——という風に脳内では罵声が荒れ狂っていたが、人生で一度か二度くらいしか怒鳴り声を上げたことのない凪が、心の声をそのまま言えるはずもない。凪は自分の気配を消して、おそるおそるドアの覗き穴を覗いた。

何か変な甲冑《かっちゅう》を着てマントを羽織った人がいる。

「……？」

見間違いではない。暗い銀色の甲冑は金属光沢を放っており、胸の中央部には獅子の図像が刻まれている。黒いマントに半ば隠れているが、剣の柄らしきものまで見える。

随分クオリティが高いが、何のコスプレだろうか。

さらに、髪の色が明るい茶色で、顔立ちの彫りが深い。外国人だろうか？

何にせよ、チャイムも鳴らさず人様の家のドアノブを捻り続ける人間など普通ではない。凪はドアから二歩下がり、キッチンの包丁の在処を目で確認しながら、震える声で言った。

「あの、何の御用でしょうか」

すると、ドアノブの動きが停まった。

うってかわって、しんと静まり返る。だが薄っぺらいドアの向こうに、大勢の人の気配がする。薄気味悪い。

がちゃ、がちゃ、がちゃ、と金具のすれるような音を立てて、気配が移動する。

別の人物が部屋の前に立ったようだ。

扉の前の男性は、ドアがびりびり震えるような大音声で朗々と語った。

「我はユピテル王国魔法騎士団団長のラケルタ＝トニトルスである！　この度は、我らの召喚に貴殿が応じてくれたことについて、謝意と詫びを申し上げる！」

……何だって？

騎士団長様とやらの口上はまだまだ続いていた。丁寧ではあるが別にへりくだっているわけでもないその長々とした話を要約すると、「とっととこの扉を開けろ」ということらしい。

その要求に従う気はさらさらなかったが、部屋全体に響き渡る大音声に耐えかねて、凪は声を上げた。

「出ます！　出ますから、少し待ってもらえますか！」

凪が精一杯怒鳴ると、これまた大きな声で「承知した！　この場で待たせて頂く！」との返事があった。

どうやら鍵をこじ開けたり、扉を蹴り開けたりはしないらしい。

凪は少しだけ安堵しつつ、ちゃぶ台の上でスリープさせていたノートＰＣを起動した。

今すぐ通報したい気持ちでいっぱいではあったが、少し調べてからでも遅くはないだろう。ただのアニメか何かのコスプレなのか、マニアックなカルトなのか。

いつも通り起動したＰＣの検索画面に、『ユピテル王国』と入力すると、一秒ほどのタイムラグの後に、ずらりと検索結果が表示される。凪はその一番上のリンクをクリックした。

ユピテル王国とは、セプテントリオ大陸の南部に位置する大国である。現在の人口は約１５００万人（ウィア自治区を含む）。隣国サートゥルヌス共和国と長年戦争を続けている。貴族制であるが、魔法騎士団のトップは貴族と同等の権限を有している。

「……ん？」

凪は首を傾げる。これではまるで、ユピテル王国という国が実在しているかのようではないか。

――いや、百歩譲って実在しているにしろ、魔法騎士団っておかしくない？

『魔法騎士団』の単語に色がついて、リンクが貼られていることに気付き、凪はそれをクリックした。

ユピテル王国魔法騎士団とは、ユピテル王国が保有する最高戦力である。騎士団長は国防の要として、宰相に並ぶ権限を持つ。当代の騎士団長は、ラケルタ＝トニトルス。

……聞き覚えのある名前だ。

クリックしてみると、もみあげと髯《ひげ》が繋がった赤毛の大男の肖像が表示された。

凪は、足音を殺して、こっそりと玄関へと向かう。

覗き穴から外を見れば、先程のページに表示されていた写真通りの大男が立っていた。

「準備がおできになりましたかね！」

「ひィ！」

足音を立てていないつもりだったのに、ドアの前まで行ったことを気付かれていたらしい。さすが騎士団長。……騎士団長？

——流石《さすが》におかしい。外の状況も、このPCも。

凪はPCの前に戻って、検索バーに『私はどこ』と入力した。この検索で、大体の自分の居場所を検索できる。おそらく基地局などの情報から割り出されているものだと思われるが——

見たこともない場所の地図が表示され、『ユピテル王国』と記載された上に、自分の居場所を示す吹き出しが出てきた。

「…………」

凪は、滅多に開くことのない紺色のカーテンに手を伸ばし、外を覗いた。

甲冑を着た人々と、立ち並ぶ大理石の柱、その向こうに、青々とした山脈が見えていた。もちろん、凪の住む街の景色とは全く違う。

床には、曲線と直線で描かれた手の込んだ文様、ファンタジー漫画で見たことのある魔法円に似た何かが、緻密に書き込まれていた。

——どうやらここは、確かに私の城ではあるが、私の知っている世界ではないらしい。

ふらふらとPCの前に戻ると、『私はどこ』の地図画面の上に、『もしかして：異世界』と表示されていた。

「今まさにそう思ってたけどそのまま表示する奴があるかい……」

凪はそう呟いて、PCの前で頭を抱えた。

2

引きこもり気質の人間の全員がオタクだとは言わないが、その傾向の強い者が多いのは事実であろう。凪もまた、同年代の同性と比較すると、漫画やゲームを好むタイプであった。

そのため、巷に溢れていた異世界転生モノ、異世界召喚モノといった漫画や小説を手に取る機会があった。だから、そういったものに縁のない人に比べれば、順応は早かったのかもしれない。

その手の異世界モノでは、主人公が現代日本の知識や技術を駆使して立ち回るか、何故か手に入れた能力を使って立ち回るかのどちらかであり、例に漏れず、凪にも特別な能力が与えられていたようだ。それもまた、検索サイトが教えてくれた。

A. 岩屋凪とは
Q. 岩屋凪とは、ユピテル王国の魔法研究者たちに召喚された異世界人である。自分の部屋の中ではほぼ万能の能力を振るうことができる（ただし、本人の想像力が及ぶ範囲に限る）。

塔の最上階にぽつんと出現したこの部屋には、明らかに電波も電力も通っていない。その中で、表向き何の問題もなく電気やインターネットが使えているのだから、信じる他ないであろう。

ちなみに、あくまで『表向き』使えているように見えるだけで、元の世界のインターネットには接続されていないようで、検索できるのはこの世界の情報のみであった。万能の力の及ぶ範囲は、この世界の内に限られるようだ。

試しに、鏡を見て、気になっていたシミが消えるように念じたら、きれいさっぱり消えた。万能は伊達ではないらしい。

シミも寝癖も万能チートでなおした凪は今、国王に謁見していた。

ただし、ＰＣ越しに、だ。現在、ＰＣ画面のウィンドウには、王を名乗る男性の姿が表示されている。王には手鏡を渡しており、その鏡面にこちらの風景が表示されているはずだった。

何故このようなリモート対面をすることになったかというと、部屋から半歩踏み出した途端、凪は彼らの言葉が理解出来なくなってしまったためだ。凪が異世界人たちと会話できていたのは、気付かぬうちに発動していた万能チートパワーによるものらしい。

国王は、目鼻立ちの整った金髪の壮年男性だった。王というと、どうしても白髪のおじいさんを想像してしまうのだが、一国を背負うのは相当の激務であろうから、これくらいの年齢が相応《ふさわ》しいのであろう。

王は、凪の不器用な敬語にも、鏡越しという不躾な対面にも、文句は言わなかった。むしろ、自分たちの都合で拉致するように召喚してしまったことを丁寧に詫びた。検索サイト情報による『真摯な振る舞いと真っ直ぐな言葉は、貴族嫌いの市民たちの心をも震わせる』というのは正しかったらしい。

「異世界からの客人よ、名前を聞かせて頂いてよろしいだろうか」

「岩屋凪です。岩屋がファミリーネームで、凪が名前ですね」

「……魔法使い《マギ》？　それが名前なのか？」

「いえ、ナギです」

訂正しながら、凪は元の世界のファンタジー作品との一致に首を傾げた。

架空の話と全体的に語感が似ている気がするのは何故だろう。ファンタジーで使われる単語はラテン語などが元になっていることが多いので、この世界は、ラテン語が生まれた後に分岐したパラレルワールドだったりするのだろうか。それとも、過去に同じ世界から渡って来た人がいて、ラテン語を広めたりしたのだろうか。

何にせよ、理解しやすいのに越したことはない。かつて中華風ファンタジー漫画を読んでいて、キャラクターの名前を覚えるのに一苦労した覚えがあるが、そういう事態に陥ることはなさそうだ。

王の話は、以下のようなものだった。

この国は、隣国と数百年間も泥沼の戦争を続けてきた。

高名な占い師に相談したところ、『異世界からの来訪者が戦争を終結させるであろう』との予言があったため、異世界から人を召喚する方法を長年かけて研究し、そして実行した。

元の世界に戻る方法があるかどうかは分からない。おそらくは存在しない。

凪の了承も得ずに呼んでしまったことは申し訳ないが、できれば戦争を終わらせるのに協力してほしい。もし協力してくれなくとも、今後の生活は保証する。

ほとんどの内容は、凪が検索サイトで予習したものと一致したため、真実だと推測される。

真実を得体の知れない異世界人に正直に語ったのは、王の人柄（あるいは戦略）の表れであろう。それなりに信頼できる人物らしい、と凪は評価する。

「そなたのようなうら若き少女を呼ぶことになるとは思わなかったが、占い師は何も、戦士が来ると予言したわけでもなし、そなたが救国の英雄になるであろうということを私は信じている」

うら若き少女――というほど、凪は若くない。社会において若者扱いされる年頃とはいえ、すでに30を超えている。ここの住人たちは体格や顔立ちが白人寄りのようだから、日本人である凪が実年齢よりも若く見えているのかもしれない。あるいは、凪が調子に乗って肌をきれいにしたせいか。

戦争を終わらせる救国の英雄、などと言われても、凪は部屋の外では一切の能力を使うことができない。つまり、前線に出て敵国の人間をばったばったと薙ぎ倒す、なんてことは不可能だ。

「陛下、先程申し上げた通り、私はこの場所でしか『魔法』を使うことができません」

実際には魔法を使っている訳ではないのだが、自分の力のほども知らずに「私は万能です」ということは憚《はばか》られたので、凪は自分の能力を『魔法』ということで通すことにした。それで何もかも納得してもらえるのだから、ファンタジー世界というものはありがたい。

「そのため、実際に戦うことはできませんし、たとえ敵国であろうと、率先して人と争うのは好きではありません。ですが、この部屋を出ないままでいさせてくれるのであれば、裏方として協力させてください」

凪がそう言うと、王は安堵したような、気の抜けた顔をした。

やっとの思いで呼び出した召喚相手が協力してくれると聞いて、とりあえず安堵したのだろう。そう思ったが、どうやら少し違うようだった。

「……いや、実は、異世界からどんな血に飢えた戦士がやってくるのかと、恐ろしく思っていたのだよ」

王は、ややほぐれた口調で言った。

「だがそなたは、敵国の者が同じ人間であることを理解し、尊重しようとしている。ありがたいことだ。そなたのような人間であれば、この戦を任せられる」

……それは、持ち上げ過ぎというものだ。

凪の育った国、育った時代においては、戦争が悲惨なものであるというのは一般常識だった。凪はそれをテンプレート的に厭《いと》い、恐れたに過ぎない。

一方凪は、王に言われたこととほとんど同じことを考えていた。戦を終わらせるために異世界人を召喚するほどだから、よほど支配欲に満ちた王なのだろう。凪はそう想定していたが、この王はちゃんと『戦を終わらせる』ということの重さを知っている人物のようだ。

この人の元でならば、働いてもいい。——少なくとも、元の世界の会社で働くよりはずっと、心を込めて働ける。

それに、この部屋を出ずにいられる。それは凪にとっては実に重要なことである。凪はこれまでも、家に帰ると謎の万能感に満たされていたのだが、本当に万能になるだなんて最高じゃないか。

凪が、口には出せない本音を噛みしめていると、王が言いづらそうに言った。

「裏方で協力するということだが、具体的にどういうことができるのだろうか？　無理なことをさせるつもりはないが、我々にはそなたの力のほどがよく分からないのだ。欲を言うのなら、前線や市民の士気を上げるような――ひいては、そなたの存在をよく思わない者を黙らせるほどの力を示してもらえるとありがたい」

なるほど、反対派を黙らせたい、と。確かにそれは凪にとっても他人事ではない。部屋の中にいる限り凪は無敵だろうが、外から火をつけられても無事でいられるかどうかはまだ分からない。そこまでされなくとも、部屋周辺で大声で騒がれたりするだけでも精神に堪える。

だがしかし、凪自身も自分の力がよく分からない。想像できる限りにおいては万能ということだが、どのレベルまで可能なのか。そして魔法が存在するこの世界において、どの程度のことをすれば力を誇示できるのか。

「……そうですね。では、負傷を治癒する薬を作るというのはどうでしょう?」

3

この世界には、どうやら魔法が存在する。

だが、何でもできるというわけではないようだ。出力調整が難しく、例えば料理に魔法の火を使おうとすると生焼けか丸焦げにしてしまう、という具合で、日常生活よりは狩りや自衛、戦闘などで活用されているらしい。

そして治癒魔法も存在するのだが、回復力や免疫力を多少活性化させる程度のものであり、そして治癒魔法を身につける適正――持って生まれた属性のようなものだろうか――のある人間が少ないため、あまり一般的ではないとのこと。

そして、瞬時に傷を治す魔法や道具などは存在しないらしい。ということは、ゲーム的な回復薬があれば重宝するであろう。

そう目論んで、凪はまず20本の回復薬を用意したわけだが。

「……で？　これが回復薬？」

青い液体の入った瓶を陽に透かして、茶髪の若い騎士は不審そうに言った。

「どうやって作ったんだ？」

「……魔法です」

凪はそう言って誤魔化した。

具体的にいえば、ＰＣの検索サイトからショップページに飛び、「回復薬」を検索し、本数を設定して購入ボタンを押した。そして冷蔵庫を開くと、キンキンに冷えた小瓶が並んでいた。ちなみにデザインは、１００㏄ほどの青い液体の入った小さな瓶で、凪が幼い頃プレイしていたゲームのアイテムに似せてある。

部屋にいる限り万能であるからには、凪がパチンと手を鳴らせば目の前に瓶が出現する——などといういかにも魔法的な作り方もできるのだろうが、買うというプロセスを挟んだ方が凪には想像しやすかった。

ちなみに、凪の飲食物も全て同じ方法で部屋に持ち込んでいる。元の世界と同じ物を食べられるのはありがたい。

「本当に効くのか？」

「……自分で切り傷を作って試したときは、治りましたよ」

玄関を挟んで茶髪の男と向き合いながら、凪は苛立ちを募らせていた。

貴族に匹敵する権限と、圧倒的な市民人気を有する魔法騎士団とは言うが、何だこの男は。柄が悪いし、目つきも悪い。少女漫画に出てくるような騎士様に憧れていたわけではないが、これではただのチンピラである。

「不審に思うのなら、試してみたらどうですか？」

「ああ、そうだな。だが――」

男は、腰に提げていた小剣を抜いて、ひたりと凪の首筋に当てた。

「怪我をするのは、あんただ。目の前で使ってみろよ」

剣の柄に嵌《は》め込まれた石がキラリと光り、剣に複雑な魔法円が浮き上がる。――

が、凪が見ているのはそこではなかった。

男のブーツの爪先が、玄関をまたいでいる。

縄張りを侵される強烈な不快感に、凪は思い切りその男の甲冑を突き飛ばした。

「部屋に！　入らないで下さい！」

男の身体が冗談のように吹っ飛んで、外の柱にぶつかって止まる。

ギャラリーがいたのか、どよどよ、と声が湧き上がって、凪は我に返った。

男は柱のたもとに転がり、ぴくぴくと痙攣《けいれん》している。

しまった、治さないと。

「……」

凪は、玄関先に転がったままの回復薬を、遠くで倒れる男に瓶ごと投げつけた。

凪の本来の運動神経ならば難しいが、部屋の中であれば万能チートが働く。瓶は完璧な放物線を描き、男の甲冑に当たりぱしゃりと割れた。回復薬が甲冑を伝い、男の身体に染みこむように消えていく。

ひょい、と騎士団の男が身体を起こした。

「ん？　……身体痛くねえな……」

どよどよ、と再びどよめきが湧いた。……うん。狙ったわけではないが、結果的に。

「ほら、実験できたでしょう？」

凪がそう言うと、男はきょとんと幼い表情を見せた後、「ははは！」と明るく笑った。

「確かにな！　この薬は効きそうだ」

づかづかと力強く玄関まで歩み寄り、凪が呆れるほどの変わり身で残りの瓶を拾うと、凪に向かって笑顔を見せる。

「お前意外に度胸あんだな。気に入ったぜ！」

そう言って、凪の肩を叩こうと手を伸ばし——

「……部屋に入るなって、言ったよね？」

凪が低い声で告げると、男は心なしか顔を青くして、伸ばした手を引っ込めた。

その騎士——カペルという名らしい——の信用を得たことが、少々大袈裟に言うならば、ユピテル国の中枢で信用を得ることにもつながった。

凪の存在意義に疑義を唱えているのは、他ならぬ魔法騎士団だったらしい。戦場で命懸けで戦っている男たちの中では、部屋にこもりきりのひ弱そうな女が救国の英雄などちゃんちゃらおかしい、という意見が大勢で、召喚を強行した王にも、その結果にも不満が高まっていた。

カペルのチンピラ然とした態度は、そんな彼らの本音を反映したもので、ちょっとビビらせて本性を暴いてやろうこのペテン師め、くらいの気持ちでいたようだ。

惰弱を悪とし、毅然を善とする騎士として、凪のカペルに対する対応は正解であり――実際は、無断で部屋に入られたのが本気で嫌だっただけなのだけれど――、かつ回復薬の効能が騎士団に認知されたことにより、凪の評価はうなぎのぼりだったらしい。カペルが騎士団の中で信頼される若手のホープだったことも理由の一つのようだ。

部屋から出ない凪にとっては、全て他人事のような話だが。

＊＊＊

これ以来、凪は治癒役としての地位を確立した。

ひたすら回復薬や解毒薬を生産して、出荷するのが主な仕事である。直接人を傷つけることを極力避けたいと思っていた凪にとっては、ありがたいことだった。

凪の活動は、戦場に限らなかった。感染症が流行ったときには、治療薬をばらまく一方で、検索サイトに原因を聞いて、流行の要因となっている虫やネズミの駆除をするよう政府に助言した。

作物の不作からくる飢えで足腰が弱る者が続出したときには、サプリメントを大量に生産して、これもまた現地にばらまいた。

物資の輸送係から聞いた話によると、国王らは凪のことを『塔の魔法使い《マギ》』と呼んでいるが、国民たちからの呼び名は違うらしい。

曰く、『塔の聖女』と。

4

聖女だなんて、失笑ものだ。

静かになった部屋で、一人掛けのソファに転がって、凪は思う。

凪は基本的に薄情な人間だ。少なくとも、ここに召喚されて以来、一度も家族を思い出して涙することがない程度には。

ほぼ万能である凪に出来ることは、他にも色々あるはずだ。もっと犠牲を減らすこともできたかもしれないし、隣国の指導者を暗殺することもできるかもしれない。けれど、実行しないし、その方法も考えない。

その主な理由は、ただの保身だ。

ひたすらに穏やかな単調な生活を望む凪からすると、世界というものは、善い人ぶっていたほうが生きやすい。

小狡いことや、残酷なことをしなければ生きられないという人もいるだろう。だが凪はそういう立場にいない。だから、できるだけ善い振りをしていたほうが都合がいい。

――もちろん、自分がけして善人ではないことも、もはや偽善を取り繕うことすら無駄なことも、ちゃんと理解している。

チリリン、と扉の外で鈴が鳴った。

ドアの隣には電動のチャイムが設置されているのだが、この国の人は、何故かボタンを押してくれない。顔見知りの魔術師や騎士団員に押させてみたことがあるのだが、電子音を聞いて大袈裟に慌てふためいていた。自分の行動と結果がリンクしていないのが気味悪いのだろう、と察するが、魔法が使える世界なのにそんなに混乱することがあるだろうか、と凪は思う。

凪は、ソファの横にあるスイッチを押して、「何か御用ですか」と返す。

『聖女様にお届け物があります』

「頼んでいません」

『南部のカリダ領で、いいオレンジが採れたので、是非聖女様に食べて頂きたいとのことです』

最近、こういう貢物が増えた。

新鮮な果物も、美味しいお菓子も、万能チートの力で手に入るのだけれど、突き返すのも角が立つので、一通り一度は受け取ることにしている。

「今出ます」と返事をして、凪はドアを開いた。

木箱を持った初老の男が、こちらに箱を差し出している。

重そうなそれを、凪は抱えた。万能チートの力で、そうそう重くはないが——

明らかに、果物の感触ではない。火薬のような臭いが鼻をついた。

「死ね、『ユピテルの魔女』！」

老人は、木箱から手を放し、両手をこちらに掲げた。その両掌が紅く光を放ち、木箱が同じ色に輝く。

「……！」

光が弾けて、ライターの点火音を強くしたような、「ゴッ」という音が短く響いた。

目がチカチカしてよく見えない。十秒ほど経つと、離れたところから、甲冑の人間が駆け寄って来る音が聞こえた。

「大丈夫か！」

凪は、痛む目を瞬きながら、「大丈夫」と返した。

駆け寄って来た騎士団員たちは、玄関の惨状を見て絶句する。

焼けただれ、半身以上炭化した老人の遺体と――傷一つない部屋の様子を見て。

この部屋のあらゆるものは、凪の意志以外で破壊されることはない。そういう風に設定してある。もちろん、凪自身も、纏《まと》っている服も、同じことだ。

「刺客だったみたい。遺体の処理は頼んでもいいかな」

「……は、はい！」

甲冑の足音が、カチャカチャと遠ざかって行く。

「――おい、大丈夫か？」

馴れ馴れしい声に顔を上げると、見覚えのある茶髪の騎士が立っていた。

回復薬騒動以来、妙に顔馴染みになってしまったカペルだ。もう数年来の付き合いになる。といっても、精々数か月に一度会うか会わないかというくらいだが、部屋から一切出ない凪にとっては、もっとも近しい知人と言えるかもしれない。

「私は平気。ここから出さえしなければ、護衛も要らない」

「そうじゃなくて……その、人殺しは嫌なんだろう？」

デリカシーとは無縁とばかり思っていた騎士が、珍しく気まずそうに言う。

「でも、無駄に騎士団の仕事を増やしたくないし、他の一般市民に矛先を向けられても面倒臭いから、こうするしかないでしょう」

凪は聖女などではない。こうして刺客を送られるような立場になったときは、敵に容赦をするまいと覚悟を決めていた。

「人助けしかしてないあんたが、命を狙われるなんて」

「それは想定内。戦争でどちらかに肩入れすれば、こちらでは『聖女』でも、向こうには『魔女』になるものでしょう」

肩入れした方に『魔女』と言われないだけ、元の世界の歴史で知られる救国の聖女よりはマシだと、凪は思う。

凪が回復薬を出すようになってから、勝ち戦が増えたと聞いている。着実に成果が出ている一方で、敵国の犠牲者は増えているはずだ。自分で手を下さなかったとしても、結果としては同じことだ。

「犠牲を払っても、戦争なんて早く終わらせるべきなんだよ。……この国の王様の言い分は、間違ってないと私は思う」

最初からきれいごとではないことくらい、凪も分かっている。

「……お前、思ったよりちゃんとしてるんだな。オレなんて、お前くらいの歳の頃はまだ戦争なんて出世のチャンスとしか思ってなかったけど」

カペルは凪をじろじろ眺めて、意外そうに言う。

「……私はあなたよりだいぶ年上だと思うけど」

初めて会った頃から数年経って多少落ち着きは出てきたが、カペルはせいぜい二十代半ばといったところであろう。

「冗談だろ？」

「……」

「え……本当に？」

いくら万能チートでも、シミの一つくらいは残しておいたほうが良かったのかもしれない、と凪は少しだけ後悔した。

5

回復薬の投入だけで、戦況はかなりユピテル寄りに傾いたが、戦争はなかなか終わらなかった。

凪は、新たに消費型の防御用障壁アイテムを考案して、戦場へと供給した。永続型でなく消費型にしたのは、敵国《サートゥルヌス》に奪われるケースを想定してのことだ。

障壁が機能しはじめ、戦線が敵国の首都へと迫ったとき、敵国では術師の命を消費して放つ強力な大砲を開発した。それは凪の作った障壁をも破壊するレベルで、戦線は後退を余儀なくされる。

凪は、検索サイトで大砲の位置を特定し、戦場へと報告し、撃たれる前に破壊するよう促した。

それに並行して、鳥を模したドローンのようなものを製作。敵地に放ち、国（ユピテル）にも秘密で大砲の開発者、推進者を暗殺した。直接手を汚すことにはまだ抵抗があったが、両国にとって脅威になる武器の多用には目をつぶっていられなかった。

自国民の命を消費する大砲はそれ以後使われなくなったようだが、隣国サートゥルヌスは魔術具開発に優れ、次々に新しい武器を開発する。また、国が追い詰められるにつれ、自国民の命を軽視した戦術や、ゲリラ的な戦術が増えはじめ、魔法騎士たちや戦士たちは苦戦を強いられた。

戦線は膠着《こうちゃく》したが、凪の回復薬があることもあり、ユピテル国民の犠牲はかなり少なく抑えられていた。


そして、数十年が経った。

不老の凪は変わらないままだが、凪をこの世界に呼び寄せた王はとうに引退し、人々に惜しまれながら逝った。

初めて会った頃には若手だったカペルが騎士団長になり、子どもが戦場に出て、子が凪の薬で助けられたと礼を言いにきたこともあった。なんだかんだで、長い付き合いになったものだ。

凪個人に対する敵国の襲撃は、散発的にあった。一度は、塔の支柱が崩されかけたこともあった。そのときは流石に肝を冷やしたが、部屋から木のツルを伸ばし、何重にも柱を支えることで事なきを得た。塔が崩れてもおそらく部屋は無事だろうが、地上に落ちたら敵国に狙われやすくなってしまうし、土に埋められたり、水に沈められたりするのは厄介だ。

それから、王がまた代替わりして、騎士団長が四度ほど代替わりした。

敵国の首都は、随分西の端に追いやられたらしい。一方ユピテルの首都は戦場もはるか遠く、市民たちも平和を謳歌していると言っても過言ではない状況となっていた。

――それでもなお、戦争は続いていた。

＊＊＊

凪は、一昔前のＰＣゲームのような画面を見つめていた。

表示されているのは、デフォルメされた大陸の図だ。

徐々に移動していく戦線。犠牲者の数の推移。使われている戦術、武器。国王と指導者の思考と各国の支持率。二国以外の周辺国の動向。

戦争開始から現在までの表示が終わると、またループする。凪は、ひたすらにそれを見つめている。

現状は、明らかに自国《ユピテル》が押している。凪が来る前は押したり押されたりだったことを思えば、かつてないほどに圧倒的な状況だった。

それなのに、何故か戦争は終わらない。

凪は『戦争を終わらせる者』として呼び出されたはずなのに。

リリン、と涼やかな音がした。塔の下からの通信だ。

「……何です?」

『魔法使い《マギ》様、カナーリス領より、珍しい交易品が入ったから受け取ってほしいとのことです』

一階の警備をする騎士の声だ。例によって例のごとく、貢物らしい。貢がれたからといって、どこかの領地に特別よきにはからったことなどないはずだけれど。

「中身は?」

『異国の本と、貴金属のようです』

本は悪くない。凪はこの部屋にいながらにしてこの世界の本を全て見ることができるが、本があることすら知らなければ、検索して表示させることもできないからだ。

「重そうで悪いけど、持って来て下さい」

『はい』

騎士は心なしか嬉しそうに言った。凪は宝石や貴金属に興味がないから、荷を解いた後に担当の騎士に譲ることが多い。そのおこぼれを期待しているのだろう。

箱は、かなり大きかった。元の世界で言うと引っ越し用段ボール（大）くらいだろうか。騎士が二人がかりで運んできたようだが、鍛えられた彼らがふらふらしているから、相当な重さなのだろう。

「お疲れ様です。玄関に置いていって下さい」

ハイ、といい返事をして箱を狭い玄関に押し込み、騎士たちは階下へと消えた。

貢物に興味はないが、それでも多少気分転換にはなる。

箱を開く。確かに本が多数入っていた。ユピテルで使われている言語とは違うようだが、この部屋にいる限りは自動翻訳可能だ。

その他、黒い小箱が入っていた。開くと、貴金属で造ったと思われる腕輪やネックレスがいくつか入っていた。

凪への貢物には、宝石や貴金属が多い。『聖女』であるからにはアクセサリーが好きだろうという考えなのかもしれないが、部屋にこもっている凪に一体何が必要だと言うのか。

荷を取り出し終えた凪は、不自然に分厚い底を見て眉をひそめた。

「……二重底」

たまにあるのだ。二重底の下に、山吹色のお菓子——つまりは金貨——を入れてくるケースが。いくら積まれてもどこかの領地に贔屓《ひいき》したりすることは有り得ないし、そもそも使い道がないのだけれど。

そのまま騎士に譲ってしまうか、それともどこかに寄付でもしてもらうか。凪は溜息をついて、アクセサリーの入った箱を靴箱の上に避け、二重底の底を開いた。

影の中に潜む、暗い蒼の眼光と鉢合わせた。

——人間？

底から飛び出して来た小さな影は、凪が反応できないうちに鋭く身を翻し、腰の後ろから抜いた短剣で、躊躇なく凪の喉元を薙ぐ。

……まあ、いくら手を込んだことをしても、無駄なのだけれど。

その刃は、喉に触れた時点でぴたりと止まった。少しチクリとする感触があるが、それだけだ。

「……魔女め……！」

刺客は幼い声で怒鳴ると、自分の親指を噛《か》んで出血させ、自分の鎖骨の間を突いた。刺客の身体に光の筋が走り、全身に複数の魔法円が浮き上がる。

おそらく、自爆の魔法だろう。このまま放っておいても、死ぬのはこの刺客一人で、部屋には傷一つつくまい。

けれど――。

凪は手を伸ばして、ひっぱたく勢いで刺客の額を鷲掴《わしづか》みにした。そのまま壁に押し付ける。

後頭部を壁に打って、刺客は呻《うめ》いた。その身体から、蒼い魔法円が消え失せる。

どうやら、無効化できたらしい。

「くそっ……何で、何でだっ……！」

怒鳴る刺客の声は幼い。

当然だろう。狭い二重底の裏に潜んでいた刺客は、ひどく小柄だった。十歳に満たないくらいだろうか。実年齢に対し成長が遅れている可能性はあるが、それにしても少年といっていい年頃だろう。

「貢物といい、その魔法といい、一人で企んだことじゃないね？　一体、どこの命令？」

「うるせえ、誰が吐くか！」

少年はぎゃんぎゃん喚いた。うるさいのは嫌いだ。凪は眉間に皺を寄せ、空いている方の手で少年の額を突いた。額に、サートゥルヌス共和国の国章である、翼を広げた猛禽類の図が一瞬浮かび上がり、消える。

「……まあ、普通そうだよね」

いつも通り、敵国の襲撃と見て間違いないようだ。

つまりサートゥルヌス共和国は、凪さえいなくなれば戦況がひっくり返ると踏んでいるのだ。それは間違っていない。凪が作る回復薬やその他のアイテムは、生産技術が確立しているものではないので、凪さえ排除できれば大いに状況は変わるであろう。排除できれば、の話だが。

――けれど、そうなったとしても、多分この戦争は終わらない。

「……少年、君は、祖国《サートゥルヌス》が負けて欲しくないと思っている？」

「は？　そりゃ――」

「何でそう思うんだい？　体格を見るに、君は一般市民だろう？　共和国とはいえ立場の貴賤はあるよね。上が変わったからって、何か君の生活に影響はあるのかな？」

少年は、理解が追い付いていない様子でぽかんとこちらを見ている。凪は、少年が答えやすいよう質問を変えた。

「君が命をなげうってまでここに来たのは、恨みかな?」

「……決まってんだろ！　親父が戦争で死んだせいで家族全員スラム落ちしたんだ。それで、おふくろも妹も負傷兵に嬲《なぶ》り殺されたんだよ！」

「それじゃあ、君の家族を殺したのは祖国《サートゥルヌス》でもあるね。私が恨まれる筋合いはある?」

「戦争で負けてるからだよ！」

　少年は声を張り上げた。

「ここんとこ負け続けで、どこも負傷兵が溢れて治安だって最悪だ。全部お前のせいだ！　ここ何百年も戦争してて、こんなこと一度もなかったのに……！」

　誰か大人がそう吹き込んだのだろう。確かに彼の言うことは事実であるが――。

「じゃあ何で、そんな状況になっても、サートゥルヌス共和国は降伏しないんだろうね?」

「……は?」

　サートゥルヌス共和国が降伏しない。

　これが、現在戦争を長引かせている主要因だ。

ゲリラ戦法などで戦場は混沌化しており、ユピテルは最後まで押し切れずにいる。だが、戦争は、必ずしも相手を滅亡させるまでやる必要はないはずだ。勝てないと思ったら、相手に降伏し、属国になるなり、講和を結ぶなりするのが普通だろう。負け戦を続けることほど無駄なことはない。それなのにサートゥルヌスは、多大な犠牲を払い続けてでも戦争を続けることを選んでいる。

凪の力をもってすれば、おそらく、敵国の指導者を全て殺害し、ゲリラ兵のみを排除することも可能であろう。そうすれば、サートゥルヌスの国土そのものは消失するかもしれない。

けれど、ユピテルもサートゥルヌスもそこそこ真っ当な国なので、兵士以外の犠牲者はそれほど多くない。そのため、生き残った者がまた兵士になって内乱を起こす、ということが考えられる。

これと同じ問題は、ユピテルにもあった。凪が来る数十年前にはユピテルが滅びかけていたのだが、それでもユピテルは降伏しなかった。

どうやら、彼らには降伏という発想はないらしい。

相手が血も涙もない残酷な国で、負けを認めたが最後全員奴隷とされ辱められるというのならば、最後の一人まで戦うという立場も理解もできようが、そういう事実もないらしい。むしろ、こちらが目を疑うくらいに、両国ともにルールに則《のっと》った戦闘行為に終始している。

何故彼らは戦争を終わらせたがらないのか？

最初は、利権の問題だろうと思った。長い戦争により、どちらも軍部が政治的に力を持っている。そういう勢力にとっては戦争が続いているほうが好都合なので、あえて戦闘状態を続けているのではないか、と。

けれど、いくら調査しても、そういう事実はなかった。少なくとも、それが主たる要因ではなさそうだ。

じゃあ何故だろうか。体制の違い？　価値観の相違？　復讐の連鎖？　どれも近いようで、どうにも説明するのに十分ではない。

凪はこの部屋で、何十年と考え続けてきた。

こういうとき検索サイトは役に立たない。考えるための材料を無数に与えてくれはするが、結論を弾き出すのは凪のちっぽけな頭でしかないのだ。

壊れない身体に胡坐《あぐら》をかいて、文字通り寝食を忘れて考え続けた結果、凪はどうしようもない真実を弾き出した。

「慣れ、だよ。この二国の戦争は長すぎて、もはや日常茶飯事になっている。戦争が終わるという事実を想像することすらできずにいるんだ」

降伏、という言葉を聞いたときの少年の呆気に取られた目。悔しがっているでもない、怒っているのでもない、キョトンとした顔。あれが全てを示している。凪が育った国は、平和に慣れ切っていた。平和が当たり前のものだと思うな、それを維持する努力をせよとしたり顔で言う者もいた。その指摘は間違っていないのだろうが、戦争を当たり前だと思うことに比べたら、ずっとマシなことではなかろうか。

驚くほどルールに則った戦争は、彼らにとって、スポーツの国際試合のようなものなのかもしれない。だが、ルールに則っていても人はバタバタ死んでいる。こんなものをスポーツ扱いだなんて、冗談じゃない。

「この戦争は終わらない。君の国の人間を皆殺しにする？　それでも多分意味はない。何故なら二国の血は既に深く混じり合っている。そもそも二国である意味がないくらいに」

何百年と国境が行き来しているのだ。両国の血を引く者もいれば、敵国に暮らす者もいる。国籍や血筋では分かちがたいほど、二国は混じり合っている。

かの占い師の『異世界からの来訪者が戦争を終結させるであろう』というのは、『この世界の者だけでは戦争を終わらせることができない』という言葉の裏返しだったのだ。

占い師の言葉を盲信するつもりはないが、凪には一つ、戦争を終わらせる方法の心当たりがある。

それは、凪の考え方、生き方には相反するものであったけれど。

凪は、少年を押さえつけていた手を放した。

少年は、茫然とその場にしゃがみ込んでいる。頭ごなしに色々言われて、頭が回らないのであろう。

「少年、名前は？」

「……ルキウス」

ぼんやりとした表情のまま名乗った少年に、凪は笑いかけた。

「ルキウス。君の家族の仇の、『戦争』を殺してあげようか？」

多分、今の自分は、悪魔のような顔をしているのだろう、と凪は思った。

悪魔はいつだって、優しげに甘言を囁くものだ。

「……殺すって、何だよ」

「私はね、君が生まれるよりもずっと、ずーっと前からこの『戦争』と戦ってきたんだよ。でもね、どうやら真っ当な手段では勝てないみたいなんだ」

どんな手を使ってでも。

どんな犠牲を払ってでも。

覚悟はできているつもりだった。けれど凪にはまだ足りなかったのだ。凪の中身は、何十年経っても、臆病で面倒くさがり屋で薄情者のままだったから。

「その『戦争』を完膚なきまでに殺す手段を一つ考えたんだけど、そのためには両国の、いや、あらゆる人類の犠牲を払う必要があるんだ。それでも、やってみたほうがいいと思う？」

幼気《いたいけ》な少年に、ひどい決断を迫っているという自覚はある。

けれど、自分が抱える壮大な計画——核爆弾を落とすような行為のスイッチを押す人間は、凪のような薄っぺらい人間ではなく、彼のような人間であるべきだ。

少年、ルキウスは、大きな目で凪を見上げた。

その目の下には、幼い顔立ちに似つかわしくない濃い隈がある。戸惑いで粗暴さが払拭された瞳の奥には、深い知性が感じられた。

閉じこもり続けた凪とは違う、幼いながら、世界で現実を見続けてきた者の目だ。

「……できるもんなら、やってみろよ」

蚊の鳴くような声で吐き捨てて、ルキウスは目を伏せた。

「オレが本当に嫌いなのは、その『戦争』って奴だよ。母国《サートゥルヌス》も、敵国《ユピテル》も、オレの敵だ」

その痩せこけた頬を、つう、と一筋、涙が流れた。

凪には、それが、彼が隠れ蓑に使っていた貢物に入っていた貴金属よりも、余程尊いものに思えた。

「……そうか。じゃあ、行こうか」

そう言って、凪はアクセサリーの入っている小箱を拾い、ドアを開けて外に置いた。重い重い荷物を持って来てくれた騎士たちへのチップ代わりだ。

凪はすぐにドアを閉め、そしてチェーンも鍵もかけてしまう。

「行くって、どこへ？」

ルキウスの問いに、凪はにんまりと笑い、ワンルームの奥へと手招きした。マウスを操作して、世界地図を表示させる。

ルキウスは、この世界には有り得ない生活用品たちを眺めて、目を白黒させていた。そういえば、玄関より内側に人を入れたのは、異世界に来てから初めてかもしれない。

「何かに摑まった方がいいよ」

凪はそう言ってカーペットの上に座り、両手を床についた。

一度も試したことはないが、できるはずだ。部屋にいる限り、凪は万能なのだから。

「――岩屋城、テイクオフッ！」

岩屋城――ならぬ部屋全体が、ゆらりとかすかに傾いだかと思うと、ズガガガ、という酷い振動と轟音に呑まれた。

「うえええええっ⁉」

ルキウスが悲鳴を上げて、その場に転がった。

やがて轟音も振動も治まり、微かな浮遊感だけが残る。

「な、なんだよ……⁉」

目を回しながら立ち上がったルキウスに、カーテンを指さしてやる。ルキウスは怯えながらも、カーテンを開いた。

「うわっ……！」

そこには、満天の星空と、豆粒のように小さなユピテルの夜景が広がっていた。

窓からは、最上階が崩落した塔の様子も見てとれる。どうやら半壊で済んだようだ。

「と、飛んでるっ……⁉」

喜んでくれたようで何よりだ。

凪は地図を見て、あらかじめ目を付けていた場所を表示させる。火山か氷河か……。やはり、火山の麓の方がそれっぽいだろうか。

そこへ移動するよう指示を出した上で、凪は部屋の棚に手を伸ばした。さて、この辺りにいい資料があったような。

「やっぱ、オーソドックスにヨーロッパ風……いやでも、生物の体内みたいなおどろおどろしいのもいいかなあ……」

何だかハイになってきた。凪はスキップでもしそうな勢いで、懐かしいゲームの設定画を開く。

「な、なあ……何をするつもりなんだ？」

震える声で尋ねるルキウスに、凪は、手に持っていた資料を開いて見せた。

「まずは、魔王城の建築だよ！」

「……は？」

「次に、モンスターの創造と配置。……いや、宣戦布告を先にしたほうがいいのかな。いや、それよりも対抗勢力の準備を考えておくべきか……」

自分の世界に没入していた凪は、目を真ん丸にしたルキウスの様子に気付いて、分かりやすく説明する。

「第三の圧倒的に強い勢力として、二国を徹底的に叩くんだ。そうしたら流石に二国の戦争は終わるはずだよ」

主人公が怪物と戦い世界を救う、オーソドックスなRPGファンタジー世界において、大規模な戦争が起こっていないのはなぜなのか?

子ども向けゲームだから——というのもあるであろう。だがしかし、一番大きなものは人間以外の外敵の存在だ。魔物や魔王、そういった存在が、彼らに戦争の隙を与えないのである。

呉越同舟。彼らに必要なのは、共通の敵なのだ。

そして凪には、人類全ての敵になり得る力がある。

理解に苦しんでいたらしいルキウスが、数十秒の間の後に、目を剝いてこちらを見た。

「おい、あんた『ユピテルの魔女』だろうが! そんなことしていいのかよ!?」

「あっはは、善いか悪いかでいったら悪いだろうねえ」

ユピテルの人々のことは嫌いではない。世話になったし、感謝している。自分をこの国に召喚した国王のことは尊敬しているし、魔法騎士カペルはいい友人だった。その気持ちに嘘はない。

けれど。

「でも私は、『救国の英雄』じゃなくて、『戦争を終わらせる者』としてこの国に喚《よ》ばれたんだよね」

ならば、終わらせねばなるまい。

これはもう意地だ。『戦争』と凪との、世界を賭けた大戦争である。

6

「――というのが、私がこの玉座に座るまでの流れなんだよね」

そう言って、凪は笑った。

セーターにジーンズ姿で、黒と金を基調にした豪奢な玉座に腰掛ける様は、似合わないというレベルでは言い表せないほど、明らかに浮いている。

長い沈黙の後、階段の向こうにいる金髪の戦士が、キリリと柳眉を逆立てた。

「――訳の分からないことを言って煙に巻こうとしても、今更遅いぞ！」

その言葉に生気を取り戻したように、彼の周囲にいた男女が各々の武器を構えた。

「うん、まあ、別に君たちに納得してもらう必要はないね」

凪はこともなげに言って、幾多の試練を乗り越えた勇者パーティーに片手をかざした。

＊＊＊

――いい気になるなよ、人間ども……！　いつの日か、第二、第三の魔王が……！

魔王がそう叫んだかと思うと、目の前が真っ白になった。

意識を失うのかと思った。もう駄目だ、そう思った瞬間――気が付くと、魔王城の外に立っていたんだ。

城は、跡形もなく崩落していて、氷に閉ざされた世界は、雪解けが始まっていた。

あれは、女神さまのご加護だったんだろうと、僕は思う。

「……だってよ」

白い髪の青年は、そう言って肩をすくめて、凪に新聞を放り投げた。

「上手いこと洗脳できたっぽいけど、あの台詞前回のと同じだろ？　変えた方がいいんじゃねーの？」

「分かってないなあ、ベタは美しき王道なんだよ」

凪は新聞を開く。魔王討伐により、世界中から魔物が消失した、ということが大きく報じられている。

同時に、街や村を守るための『女神像』が全てただの石になったということも記事になっている。それにより聖職者たちが女神の加護を失ったが、魔王が滅びたので、役目を終えたのだろうと前向きに解釈されているようだ。少なくとも、それによる混乱は起こっていないらしい。

現在、凪が知る限り、世界中で大規模な戦争は起こっていない。

「じゃあ、私も１００年くらい休めるかな」

「50年がいいとこだろ。人間は気が短いからな」

すっかり生意気に成長したルキウスは、そう言って鼻を鳴らした。

人間代表として傍に置いたはずなのに、気が付くと魔王の手先のようなことを言うようになってしまった。魔王城での暮らしは、子どもの情操教育に悪影響を及ぼすらしい。

「それより、何でまたこの部屋に戻したんだよ」

ルキウスは、不気味そうにあたりを見回した。

それは、凪がこの世界に飛ばされて来たときと同じ内装の、こぢんまりとしたワンルームである。勇者を迎えるまでは魔王城らしい内装に変更していたが、久々に元のスタイルに戻してみた。

「やっぱり私にはこれが落ち着くんだよね。魔王も女神も魔女も聖女もうんざりだよ」

今回の魔王城はデザイン的にも機能的にも優れていたが、やはりこの狭さ、この庶民的な感じが凪には丁度いい。

「オレには狭いんだよ。天井も低いし」

居候が生意気なことを言うので、凪は指をパチリと鳴らした。

みるみるうちにルキウスの身長が縮み、初めて会ったときと同じくらいになる。

「何すんだっ！」

そう怒鳴る声も、声変わり前の甲高い声だ。

「小さくなれば狭くないでしょ？」

「大人に戻せ！」

ルキウスがぎゃあぎゃあ喚く。この子こう見えて二百歳超えてるんですよ。可愛いでしょう？

「……」

摑みかかってきたルキウスの顔を摑むと、突き出た頰骨が目についた。

そうだ、あの頃は栄養不足で、骨と皮のようにやせ細っていたのだった。

凪は、遠い遠い記憶を探り、元の世界で見かけた子どもたちを想像して、ルキウスの頬に肉を付ける。……こんな感じだろうか。ふにふに、と柔らかくなった頬をつまむ。

「……何してんだよ」

「……微調整？」

ルキウスは不満げに口を尖らせて、凪の手を振り払った。

小さなルキウスが背伸びして、紺色のカーテンを開ける。

分厚い雲の裂け目から、青い空が見えて来る。上空1万メートル。五十年くらい前、魔導科学技術の進歩で空中を飛ぶ乗り物が生まれたものの、この高さを飛ぶものはまだ存在しないはずだ。

「今度は、どこに行くんだ？」

「さあ……。でもまあ、次は都会にしようか。都会の方が、身元のはっきりしない人には便利だしね」

凪はそう言って検索サイトを開き、候補地を選定すると、マウスをルキウスに放った。

「……オレが選んでいいのか？」

「どこでもいいよ。どうせ私はこの部屋から出ないし」

凪は一人用ソファでごろごろと転がった。ふにゃりとした感触はいつだって凪に優しい。魔王の玉座なんて、無駄に豪華なだけで、ちっとも寛げやしない。

「……引きこもり魔王」

「魔王ってのは、そもそもそういう役どころなんだよ。……というか、出かけてる暇なんてなかったじゃないか」

魔王として世界中に魔物を放って人類文明が滅びない程度に危機に陥らせ、女神として安全地帯を作ったり治癒系の加護を与えたりして難易度調整を行い、勇者になり得る人物に適度に加護と試練を与えて育成する。……我ながら、よく働いたものだ。

どうでもいいから大人に戻せとルキウスが騒いだが、凪は聞かなかったことにして、数十年ぶりの休暇を満喫した。

勇者の作った平和が、一年でも一日でも長く続きますようにと、心から願って。

夢ラジオの女性

神宮　要

５０４９

「お姉さん、今日は、カーペンターズの曲を流してほしいな」

「カーペンターズですか。またそれは、どういった趣向で？」

僕は、ガラス越しの女性にそう伝えると、その女性は、感情を込めていないであろう声色で――実際に感情が込められていない事は解っている――僕に聞いた。

「お父さんの車のラジオで聞いたんだよ。トップ・オブ・ザ・ワールド。意味はわからなかったけど、好きだった。ねえ、かけて」

「かしこまりました」

そう言って女性は、かちりとボタンを押す。一瞬の間をおいて、曲が流れ出す。

最近の曲では聞かないタイプの、逆に新鮮だなあと思う曲だった。

「さっちゃ、ふぃーりん、かーみおーばみー」

「……それ、歌っているつもりですか？」

「だってわからないんだもん」

そう言って笑っても、女性の表情は動かない。でも少しため息のようなものを吐《つ》いて、こう言った。

「あなたには、英語の勉強をきちんとして貰《もら》わねば、なりませんね」

僕がこの女性に出会ったのは、もう何年も前になる。僕はとっても眠くって、布団に入って、眠ったのだ。そうしたら、不思議な夢を見た。真っ白い部屋。四角い部屋。広いようで、狭い部屋。見渡すと、ガラスの向こうに、一人の女性が座っていた。長い黒髪。白い肌。白い服。じっとこちらを見ていて、でも何も言わなくて。不思議と、怖い感じはしなかった。ただ、どうして何も言わないのだろうと、それだけが不思議だった。

「あのう」

僕は、これが夢だとはっきり解っていた。だから、引っ込み思案な僕でも、思い切って声をかけることができたのだ。

『いらっしゃいませ。ここはラジオ局』

ふと、女性の声が響いた。どうやら、部屋のどこかで再生されているようで、目の前の女の人の口は少しも動いていない。それどころか、身動きひとつさえ。

ラジオ、というのは何となく知っていた。お父さんの車の中で聞くやつだ。

『こちらではリクエスト曲を募集しています』

再び声が聞こえてきた。ここに誰かが来たら、自動的に再生されるんだろうか？

そんな事を考えながら、僕は目の前の女性に聞いた。

「ここで、ラジオ局をやっているんですか？」

『いらっしゃいませ。ここはラジオ局』

「どうして、こんな場所でやっているんですか」

『こちらではリクエスト曲を募集しています』

「……ええと……」

これは完全に困ってしまった。へんてこな夢だ。何を聞いても、どう動いても、同じ放送しかされない。そして女性も動かない。これではどうすればいいのか解らない。恐る恐る、僕は、頭に思いついた曲を、口に出した。

「……ドレミの歌……」

「かしこまりました」

僕はびっくりした。突然、まるで動かなかった女性が、いきなり喋《しゃべ》りだして、目の前のスイッチを押したからだ。一瞬の間を置いて、ドレミの歌が流れ出す。その女性は、ぱちくりと大きな目を瞬きさせた。行けないガラスの向こう側。そこに座っている、不思議な人。今なら話が出来る気がして、僕はそっと口を開いた。

「あの、お姉さんは、名前は……」

「名前はありません。お好きに呼んで下さい」

僕はまたびっくりした。さっきまで問いかけても何も答えてくれなかったのに、ドレミの歌をバックに、すらすらと答えだす。でも、名前が無いというのは、困ってしまう。好きに呼んでくれと言われても、何も思いつかないし。仕方なく、僕は質問を変える事にした。

「えっと、お姉さんは、いつからここにいるんですか」

「あなたの夢の中の住人なので、あなたの年の数だけ、ではないでしょうか」

これも、曖昧な答えだったので、僕はますます困ってしまった。他に、何か聞ける事——そうだ。

「お姉さんの好きな曲は、何ですか」

これなら、明確な答えが聞けると思った。僕の中の夢とはいえ、ラジオ局をしているのだ。だったら、好きな曲くらい、あるのではないかと思ったのだ。名案だ、と僕は思った。女性の答えを聞くまでは。

「私に好き嫌いはありません。私は、アンドロイドですから」

ちょうどそこでドレミの歌が終わり――夢もそこで、ぷつりと終わった。

4404

「お姉さんは実在しないんだよって、バカにされちゃった」

僕はリクエストした曲をバックに思い切って、女性――お姉さんに相談する事にした。何度も何度も夢でお姉さんに会うものだから、僕はそれが当たり前の事だと思っていたし、友達だって、そうだと決めつけていたのだ。なのに、返ってきた言葉は、否定の言葉で、しかも僕を罵倒したり、女の人を罵倒する言葉へと変化した。それがひどく悔しくて、思わずお姉さんに声をかけたのだ。

「そうですか。それは、そうでしょう」

夢を見るようになって、僕は学んだ事がある。お姉さんに曲をリクエストするまでは、お姉さんは何も言わないし動かない。曲をリクエストして、曲が終わるまで、自由に喋る事ができる。そして、曲が終われば、夢も終わる。本当に不思議な夢だけれど、僕はそれが嫌ではなかった。居心地が良かった。でも一回にリクエスト出来るのは一曲だけだから、たまに起きている間、長い曲は何かないか、探すようになった。それこそ、お父さんに何となく聞いてみたりして。お父さんは、クラシック音楽を勧めてきてくれて、実際にそれを聞いたけれど、すぐに眠ってしまいそうで、これでは夢の中でも、眠ってしまうのではないかと思った。クラシック音楽は僕にどうも合わなかった。

「所詮夢の中なんです、皆誰も信じないでしょうね」

もう一つ、学んだ事としては、お姉さんはたまに辛辣だという事。それこそ夢の中なんだから、もっと優しくしてくれても良いのにな。

「お姉さんは悔しくないの？」

「いいえ。私は、アンドロイドですから」

僕は、最初アンドロイドという言葉を聞いた時、よく解らなくてお父さんに聞いたのだ。お父さん、アンドロイドってなあにと。お父さんは少しだけびっくりして、それから優しく教えてくれた。ロボットみたいなものだよ。人間のかたちをしていてね、それが喋ったり動くんだ。

「でも僕には、お姉さんがアンドロイドには見えないけどな」

「触ればわかります。私には血も涙もありません。勿論、ガラスで仕切られているので、あなたが私に触れる事はありませんが」

お姉さんは、変わらない顔で、表情で、淡々と事実を語りだす。それが時たま、嫌になる事がある。お姉さん自身の声を、感情を、聞いてみたい。

「今日ね、子猫が死んでたんだ」

僕は、今日あった出来事を話す事が、この夢に来た時の日課になっていた。嬉しい事があったら嬉しい事を話すし、悲しい事があったら悲しい事を話す。今日は、後者だったというだけだ。

「道端で、子猫が死んでた。多分、車か何かに轢《ひ》かれたんだと思う。かわいそうで、見てられなくて、僕はせめて道路の脇に避《よ》けようとしたんだ」

「そうですか」

「でも友達は、汚いって、そんなのに触っちゃだめだよって言ってた。何でだろう。だって元々は生きてたのにおかしい」

「そうですか。あなたの気持ちを否定する事は私には出来ませんが、死骸には雑菌が含まれていることもあります。ご注意下さい」

お姉さんは淡々と事実を述べていく。同意もせず、かといって否定もしない。それが、アンドロイドであるお姉さんの言葉だ。でも僕は臆病だから、多分、同意を得たいのだと思う。そうですねって。偉かったですねって。だってそうしてくれる人なんて、僕には——。

「ねえお姉さん。僕のした事、間違っていたと思う？」

「わかりません。私はアンドロイドですから」

6061

その日はとても寒くて、それからとても悲しかった。僕は父さんと喧嘩をした。いつもの喧嘩だったけれど、僕はその日、なぜか虫の居所が悪くて、つい怒鳴ってしまったのだ。

「きっと母さんは、僕たちに愛想を尽かして出て行っちゃったんだ」

僕は、幼い頃から姿を見たことのない、しかし僕を生んだ筈《はず》の母親について、ぼやくように呟いた。アンドロイドは、じっとこちらを見つめ続けている。まだ曲のリクエストをしていないから、反応が無いのが正解だ。僕は、頭の中にある架空の母親をした姿に、どうして、という目を向ける。そもそも、僕は母親の写真も何も見たことが無い。父さんが、何か思う所があるらしく、全く見せてくれないのだ。これまで、一度も。その徹底ぶりからすると、父さんだって母親に対して何か感情を抱いている筈なのに、そんなことはないと、僕を諭すばかりだった。

「僕だって成長したんだ。友達だって増えたし、もう高校生だよ。なのに……」

僕は白い床に座り込む。それでも、お姉さんの瞳は動かない。僕の姿を追うことはない。

「……このままリクエストしないで、ずっと夢の中に、いようかなあ」

ごろりと寝転がって、まぶたを閉じる。でも眠気はいつまでも訪れない。夢の中では眠れないらしい。そんなの、何となく解っていた筈なのにな。

僕は少しだけ、寂しくなった。この夢を見る頻度が、少しずつ、少しずつ、減ってきているからだ。本当は、この年まで見続けているのがおかしいのかもしれない。でも僕にとっては本当に自然な事だったし、何よりお姉さんに他愛もない事を話したり、相談したりする事が、何よりも楽しかった。だから、毎日のように見ていた夢が、一週間おきになって、一ヶ月おきになっていくのは、少し、いや、とても寂しい。それならば、やっぱりここにずっといようかな。父さんに顔を合わせるのも少し嫌だし、何よりここは安心する。

『こちらではリクエスト曲を募集しています』

僕を急かすように、久しぶりに聞く自動放送が流れた。ああ、もう、面倒だ。僕は自棄《やけ》になって、リクエストをしてみる。

「お姉さんの声」

「かしこまりました――起きなさい、すぐに」

聞こえた声に驚いて――僕は、現実に飛び起きた。

7305

「今日は私から曲をあなたに贈りましょう」

その日の夢は最初からいつもと違った。いつも僕たちを隔てていたガラスは無く、僕たちは一定の感覚で立っていた。それからもっと違うのは、僕がリクエストをするまでもなく、お姉さんが、そんな提案をしたからだ。

「……お姉さん?」

「今日は、あなたの誕生日でしょう」

おめでとうございます、とぱちりぱちと拍手をした。それが何だか静かで、悲しくて、辛かった。何となく、解ってしまったのだ。

「——うん、そうなんだ。僕はもう、二十歳。この夢も、もう終わりかな」

「はい。だからせめて最後くらいは、私からあなたへ曲を贈ろうかと」

そう言ってお姉さんがかけたのは、カーペンターズのイエスタデイ・ワンス・モア。しんみりとしたイントロから入る、歌手の、どこか懐かしむかのような声色に、僕は涙が出そうになった。僕はもう、いつかのあの日とは違う。歌詞の内容だって解るし、もっと発音良く歌えるようになった。

PHP文芸文庫

人間を味わう
人生を考える。

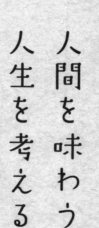

なのに、お姉さんはずっと、成長していない。アンドロイドだから。

「そう、私はアンドロイドです」

お姉さんは、こちらの思考を覗き見るように言った。

「それでも、あなたといたこの世界を、私は誇らしく思います。苦しいときも、辛いときも、嬉しいときも、悲しいときも、そして喜びのときも、あなたの顔を、見ることが出来てよかった」

――それは、紛れもない、慈しみの表情だった。アンドロイドなんかじゃない、ただの人間のような表情をして、女の人は僕に近寄ってくる。

「あなたが様々な曲を聞いて、何かを思ったり、何かを考えたりする、その全てが愛おしかった。ありがとう。あなたは、とても素晴らしく成長しました」

「……お姉さん？」

お姉さんは僕の真ん前まで到着すると、僕を力強く、ぎゅっと抱きしめた。その感触は、いつかお姉さんが言っていたように、アンドロイドだと触れば解るような、そんな肌の温度ではなかった。温かい。人間のように、暖かい。

「私の役目は、ここまでです。あなたと出会えて、本当に良かった」

お姉さんの抱擁は、本当に一瞬だった。そして、曲はもう、三分五十六秒へとさしかかって行く。だから僕は、ありったけの声で叫んだ。

「かあさ――」

0もしくは1

――これは、誰かの記憶である。


「胎教なんて、本当に効果があったのかしら」

とある場所、とある病院。おめでとうございます、元気な男の子ですよ、という決まった言葉を聞いてからしばらくたった頃。とある夫婦は生まれたばかりの赤子を抱いて、言葉を交わしていた。母となった女性が、長い黒髪を揺らしながら、赤子をあやしている。おぎゃあ、おぎゃあと泣き声を聞きながら、少しだけ微笑んでみせたりする。

「きっと効果はあるさ」

「本当かしら。未来ある子供には、最近の曲を聴かせるべきだったと思うわ」

「例えば？」

「少なくとも、カーペンターズで無いことは確かね」

そんな女性の毒舌にも構わず、父となった男性は、赤子に向かって指を差し出す。小さな手が、それをしっかりと握った。

「カーペンターズは良いぞ。あれで本当に泣けるんだから」

「はあ……息子がきちんと英語を学んで、それを理解したら良いけれどね」

私には、この子の成長を見守る事は出来ないけれど、と付け加えると、男性はあからさまに表情を暗くさせた。

「……良くなかったか、検査」

「ええ。赤ちゃんを生むって言ったら反対された事は伝えたでしょう。だからこれは奇跡だと思う。そして奇跡は一度しか起こらない。私はすぐに死ぬでしょうね」

死、という単語をさらりと言いのける女性は、しかしもう、怯えて暮らすだけの人間では無くなっていた。もう、母の顔としての姿だった。

「心配なのはあなたの方よ。きちんとこの子が二十歳になるまでは、しっかり育てるのよ。それから私の事を話すのも、その時にしなさい」

「どうして」

「どうしても何もないわ」

女性は、口元を柔らかくほころばせながらも、きっぱりとした口調で、こう言った。

「あなたが生まれたせいで私の寿命が縮まった、だなんて勘違いして欲しくないもの」

「それで、変な勘違いをして——例えば、君が僕たちを置いて去ったなんて勘違いをしてもか?」

「いっそ、その方が楽かもしれないわ」

「そんなこと……」

「私はね、この子の事を、いいえ、あなたとこの子の事だけをずっと最期まで考えていたいの。許して頂戴」

そこまで言われて、否と言える程、男性は強くはなかった。だが、それを守ってやれないと言える程、弱くもなかった。解った、と震える声で男性は言い、それを女性は、何だか面白いものを見たとでも言うように、少し笑った。

「いつか——そう、いつかまた会えるわ。私、そんな気がするの」

ねえ、と女性は髪を揺らし、赤子に語りかける。おぎゃあ、と赤子は返事をするようにひとつ、声をあげた。


——女性が死んだのは、それから一年後の事だった。

蓄光パネルのあかりをのこして

野城

私の目覚まし時計は、朝日より早く仕事をする。

ピピピピピ。

その音が夜を切り裂いた瞬間、私は反射で枕元を叩く。私以外の世界中の誰かが、目を覚ましてしまう前に。

開ききっていない目で、手元に引き寄せた時計の文字盤を確認する。二時五十七分。薄緑の頼りない光が照らすいつもの時刻。

枕の下にもう片方の手を突っ込み、指先が捉えた硬い感触を、迷わず引っ張り出す。それにぐるぐる巻きにされているイヤホンを解きながら、時計の蓄光パネルを手元に向ける。電源を入れると同時に映ったのは、77・4Hzの文字。耳に差し込んだ冷たいイヤホンから、張りのある声が流れ始めた。

「……オーケストラの素晴らしい音色。お申し込みは……」

少しだけ早口な広告。そのあとに、電子音が四回。最後の高音の余韻が消えれば。

「はい、みなさんこんばんは。これから今日を始める人は、おはようございます。」

ざらついた、でも確かなあたたかさを持った声が、両耳を包む。

「毎週金曜、飛鳥井なぎさのディープリーナイトのお時間です。」

アコースティックギターがかき鳴らされて、いつものオープニングテーマが流れ出した。

非日常のはじまりだ。

私が初めてラジオと出会ったのは、二か月ほど前。刺すような冷気が家に入り込む前に慌てて玄関扉を閉めた、尖った冬の夜だった。

その日、ダイニングテーブルで私を待っていたのは、冬休み明け試験の成績表と、お母さんの引きつった顔だった。

「ねえ、この点数は何。また数学が下がってるじゃない。」

空気を揺らす甲高い声を、イメージでひたすら聞き流す。耳から耳へパイプを通して、その中を音が通り抜けるイメージ。

そんなの分かってる。分かってないのはお母さんの方だ。冬期講習の間、追加課題をもらってみんなの倍解いた図形問題の点数が上がっていることも、化粧をしたクラスメイトが鷹みたいな目で仕切っている合唱コンクールの練習も、学校で塾のテキストをカバンから出そうものなら否応なしに向けられる好奇の目も。

きっとずっと、これからも分かってくれない。

「頼むから、頑張ってね。分かった？」

同意を求められている口調を感じて、分かった。と、喉を締め上げて発声した。

正解の返事を差し出されたお母さんは、このままじゃ×高は無理だからね、と去り際に呟いて、キッチンの奥に消えた。普段なら、そのまま成績表を回収して、引き戸の向こうの自室に籠るけれど、今日はなぜだか、腹の虫が収まらなかった。

いや、理由は知ってる。

「あたしさ、春から、大阪に行くんだって。」

塾からの帰り道、震える声でそう言った莉々《りり》。そのシーンを頭の中で再生するだけでも、心臓がひゅっと持ち上がる。

力の抜けかけた手で、勢いをつけてテレビボードの一番端の引き出しを開ける。その奥の紙袋、「お母さんの大事なもの入れ場」。一瞬の躊躇《ためら》いの後、私はその袋に右手を突っ込んだ。

何もしてないのに、世界は、私から大事なものを奪う。だから、私だって、そうしていいはずなんだ。

明らかに高そうな香水瓶やベロア素材の指輪ケースを避けて、音を立てないように紙袋を漁っていると、こつ、と硬いなにかに爪が当たった。

灰色の、板。

他のものに当たらないように、そっと引っ張り上げる。それは、小さな灰色の箱だった。黄土色の小さな画面に、折りたたまれたアンテナ。ちょっと前のケータイみたい。真っ先にそう思ったけれど、さすがにそれが何のための機械かは知っていた。

お母さんの気配が戻ってくる前に、紙袋を元通りにして、大股で自室に滑り込む。ベッドに腰かけると、改めてその機械に手をかけた。

これが、ラジオ、というやつか。

蓋をスライドして覗いた中身は空だったので、通学カバンから電子辞書を引っ張り出し、迷うことなく単三電池を抜く。かちり、と電池がはまると、画面の色がほんの少しだけ変わった。その直後、ざざざざ、という音が何の前触れもなく流れ出した。

叫びそうになったのをこらえて、慌てて電源ボタンを連打する。ラジオは何事もなかったかのように、ただの灰色の箱に戻った。

さすがに、お母さんが寝た後にしよう。

そう諦めをつけて、私はベッドから勉強机に飛び移った。

しまった。寝落ちた。

丸まった背中と机の間に押しつぶされた肺が訴えてきた不快感で、私は眠りの世界から帰還した。枕にしていた数学の問題集を寝ぼけ眼《まなこ》で確認する。幸い、よだれはついていなかった。

ベッドサイドの目覚まし時計が指している時間は、三時ちょっと過ぎ。一日分の汚れを持ち越してしまった頭と顔が気持ち悪いけど、さすがに今からお風呂は無理だ。そうすると、寝る以外に残された選択肢はない。幸い明日は土曜日だから、今から寝れば朝風呂をするとしても模範的睡眠時間は確保できる。

妙に冴えてきてしまった頭を宥《なだ》めるように、電気のスイッチを押した。時計の蓄光パネルの明かりを頼りに、ベッドに辿り着く。よおし、と全身の力を抜いてマットレスに身を任せた私の頭に、なにか硬いものがぶつかった。

それは、さっきのラジオだった。衝撃を与えた拍子に電源が入ってしまったようで、部屋にノイズが鳴り響く。溜め息をついてもう一度ボタンを押そうとした時、そのノイズが誰かの声を含んでいることに気がついた。

「……ふふふ、それもそうか。じゃあ次のおたよりいくよ。」

段々鮮明になってきた声は、女の人のものだった。若い人の声じゃない。低くて、耳心地のいい、優しい声。

電源ボタンにかかっていた指は、ごく自然に下向きの矢印マークのついたボタンを押していた。絞られた声が、私だけに語りかけてくる。

「『金曜パーソナリティのなぎささん、こんばんは。』はいこんばんは。『悩み相談と言えるのかわかりませんが、眼精疲労がしんどいです。』ってえええっ！　これで終わり？」

わはは、と、バラエティ番組よりずっとささやかな笑い声がした。

「目が疲れるの分かるなぁ。最近はスマホもありますもんね。あんなちっちゃい画面じいっと見てたら疲れるよね。あ、ずっと言われてることだけど、緑を見るのってほんとに効果あるらしいですよ。」

全然知らない人の相談に、全然知らない人が答える音声。なのに、その声はいつの間にか私のそばに寄り添ってきた。

この心地よさは、何だろう。

この人の声を聴いているだけで、心の中のじゅくじゅくとした黒ずみが、ゆっくりと溶かされていくような気がした。

真っ暗な部屋の中を満たす音に夢中で耳を傾けているうちに、時は流れていたらしい。

「それではまた来週お会いしましょう。ここまでのお耳のお供は、飛鳥井なぎさでした。」

ギターの音がフェードアウトしていき、よくわからないコマーシャルが流れ出しても、私の胸は静かに高鳴り続けていた。

すごいものに、出会ってしまったかもしれない。


翌朝、私は慣れない手つきでリビングのパソコンの検索窓に「飛鳥井なぎさ」と打ち込んだ。昨日の夢のような時間が何だったのか、確かめるために。

有能な検索エンジンは、すぐに私の知りたかったことを探し当ててくれた。飛鳥井なぎさのディープリーナイト、毎週金曜深夜三時からFMサンシャインで生放送。パーソナリティの飛鳥井なぎさは、三十二歳のシンガーソングライター。十六歳でデビュー、十八歳で書いた曲がドラマ主題歌に抜擢され、大ヒット。当時に比べればライブの本数は減っているが、その歌唱力は健在。

「飛鳥井なぎさって、最近なにかしたの？」

お母さんがそう聞いてきたのは、昼ご飯のチャーハンにスプーンを突っ込んだ時だった。パソコンを使うところを見られていたから、あえて履歴の消去はしていなかった。

「ああ、学校の友達がお母さんとその人のライブに行くらしくてさ、どんな人なのかなと思って。」

考えておいた理由を、淀みなく口から滑らせる。お母さんは、全く怪訝な様子は見せなかった。ただ、スプーンを口に運びながらこう言っただけだった。

「奈穂子はよかったね、行きたいライブとかなくて。」

至極当然のように放たれたその言葉は、重い鎖が巻き付くみたいに私の動きを止まらせた。国語は得意だ。数学の不足分を補ってくれる国語のおかげで、私はなんとか特進クラスに居続けられている。でも、こういう時、お母さんの言葉を勝手に読解しちゃうのは、本当に嫌だった。

受験まで一年を切ったのにライブに行く子がいるんだね。私なら絶対に行かせないけどね。奈穂子は行きたいライブがあったら行けなくて悲しい思いをしただろうから、なくて良かったね。

頭の中で組み立てた「この時のお母さんの心境」は、巻き付いた鎖におもりをつけてきた。こんな時、私はいつも脳内で莉々に笑い飛ばしてもらう。鼻にしわが寄った、くしゃくしゃの笑顔で。

「もう、なほちーは考えすぎなんだよ。だいじょーぶだから。笑って笑って。」

その莉々が、もうすぐいなくなる。考えただけで、呼吸が止まる。息苦しくてしょうがない。誰かに、この気持ちを聞いてほしい。吐き出す場所がほしい。

スプーンがお皿に当たる金属音が、きん、と鼓膜を引っ掻いた。

「三月になったってだけで、ちょっと気分上がらない？　私だけかな。一月二月って、なーんかどんよりしてる印象なんだよね。インフルも流行るし。」

初めてこのラジオに出会った一月末の絶望感を思い返して、私は心の中で激しく頷《うなず》いた。

あれから、私の金曜日の夜はふたつに分断された。日付が変わる前には絶対に布団に入り、三時前に起床。こうして飛鳥井なぎさの声を聞いて、何事もなかったかのように眠る。二度目の夜は一時間にも満たないけれど、私の心を満たすには充分だった。

飛鳥井なぎさは、滑舌の良い早口で、くるくるとせわしなくコーナーやおたよりを回していく。なるべくたくさんのリスナーの声を聞くため、なんだそうだ。

私が一番好きなのは、番組の所々に挟まれる、リアルタイムのおたよりに応《こた》える時間。

「『なぎささん、こんばんは。サービスエリアの駐車場からメールしてます。あと

50キロ、安全運転で頑張ります。』……お疲れ様だ、お仕事のお供にしてくれてありがとうございます。」

県を跨《また》いで物資を届けるためにこの時間に働く、トラックドライバー。

「『会社の飲み会に付き合わされてる時点で全然花金じゃない。このラジオだけが救いです。』……そう言ってくれて嬉しいです、ありがとうね。みんなも花金楽しんでるかな?」

五日間の勤務を終えて浮かれる社会人。

「『最後の一踏ん張りをしてる全国の受験生にエールをお願いします。』……えーっと、体調万全で挑んでね! 夜更かしはほどほどにね! って、これ聞いてる子たちに言ってもね。」

度々《たびたび》登場する大学受験生に関しては、このラジオを聞きながら勉強してはかどるのか心底疑問に思う。私だったら聞き入っちゃって絶対無理だ。

メールの送り主は、この十四年間の人生で出会ってこなかったような人達ばかり。家と学校と塾を行き来するだけだった私の世界が、ベッドに寝っ転がって飛鳥井なぎさの声を聞いているだけで、面白いように広がっていく。それが、毎週楽しみで仕方なかった。

飛鳥井なぎさの、あっけらかんとした返事も聞いてて心地がいい。かといってばっさり切り捨てるようなことはなく、共感や同情も欠かさない。自分のところまで下りてきて、隣で話を聞いてくれているような気分になる、と、相談コーナーで悩みを聞いてもらった人が感謝のメールに記していたが、まさにその通りだと思う。

私の周りにも、こんな人がいたらなあ。

そう思いかけたけど、「こんな人」は、案外すぐに浮かんできた。あと一か月を待たずして大阪に発《た》ってしまう、たった一人の戦友にして大切な親友の姿が。

「だいじょーぶだよ。メールもあるし、電話もできるし。同じ日本じゃん。」

私の眉間の皺を見つけて、莉々はそうやって笑うけれど。

そういうことじゃないんだよ。

行き場のなくなった感情を抱きしめるように、灰色の箱をぎゅっと握りしめた。

乾電池を精一杯使って声を届けてくれるラジオは、確かな熱を放っていた。

「さて、今週の最後のコーナーいきましょう。お願いします。」

合図に合わせて流れ出す、ゆっくりとしたギターのアルペジオ。

「『なぎさのお悩み相談部屋、オンザテレフォン』。」

私のお気に入りコーナー「お悩み相談部屋」は、月イチで「オンザテレフォン」のサブタイトルがつく。飛鳥井なぎさが、リスナーと生電話を繋げて悩みに答えてくれるのだ。

「安定のアポなしなので、出てくれるかはその方次第。今回はどうなるでしょう。えーっとじゃあ、今週のおたよりは……」

若干の眠気が襲ってきていた私は、瞼を閉じて前説を聞き流していた。

「ラジオネーム、サナさん。」

その言葉が聞こえてくるまでは。

脳が、ぎゅん、と音を立てて覚醒した。心臓が早鐘を打つ。学校の定期試験、塾の模擬入試、クラス分けテスト、色々と重なって記憶の端っこに追いやられていたけど、そうだ。そうだった。

あの日、私は確かにメールを書いた。

お昼ご飯を食べた後、部屋に籠って。お母さんへの帰りの時間の連絡か、単身赴任中のお父さんへの近況報告にしか使っていない携帯電話で。両手を使って小さな画面にぽちぽちと打った文字は、苗字と名前の頭文字からとったラジオネームと、自分の電話番号と、数行の本文。

「『なぎささん、スタッフさん、こんばんは。私には、大切な親友がいるのですが、大阪へ引っ越してしまうそうで、これからどうやって頑張ればいいのでしょうか。』」

一言一句、私が打ち込んだ言葉だった。

あまりにも支離滅裂な文章で嫌になってくるけれど、今はそんなことより向き合わなきゃいけない出来事がある。

「じゃあ、サナさんの番号にかけてみましょう。」

ヴー、ヴー。

通学カバンに入れっぱなしにしていた携帯が、誇らしげにバイブレーションを奏でた。飛鳥井なぎさからの、電話だ。

反射で携帯を手に取り、逆方向に折れてしまいそうな勢いで開く。着信という文字と、見覚えのない数字の並びを前にして、万物が私の脳内を物凄い勢いで駆け巡った。

これに出たらラジオに出ることになる。お母さんも学校も許すかな。いや名前出してないし。でもいろんな人に聞かれる。でも出ないと番組が止まっちゃう。あの飛鳥井なぎさの。でも、ああ、もう。

バイブ、うるさいな。

最後に頭を埋め尽くしたのはごくごく単純な理由で、気が付いた時には受話器のキーを押していた。

「……もしもし？」

耳に当てた携帯から聞こえてきたのは、いつものあたたかい声だった。

「……もし、もし。」

私はなんとか、掠《かす》れきった返事を喉から絞り出した。

「サナさんの携帯で、お間違いないでしょうか。」

イヤホンをしていないのに、ラジオを通していないのに、飛鳥井なぎさが耳元で話している。

「……はい。」

「よかったあ、こんばんは。飛鳥井なぎさです。いつも聞いてくれてありがとう。」

こんなことって、あるんだ。

「こん、ばんは。」

いつの間にか、私はベッドの上で正座をしていた。いつもと同じ、目覚まし時計の蓄光パネルだけが薄く光る暗い部屋。今ここで、私は飛鳥井なぎさと繋がっている。

「サナさんは、学生さんかな？」

「あ、はい。」

「いつもこの番組は夜更かしして聞いてくれてるの？」

「いえ、えっと、一回寝て、目覚ましをかけてます。」

飛鳥井なぎさに比べて、笑っちゃうくらいにたどたどしくて上ずった声。こんなのが電波に乗ってしまうなんて、どうかしてる。

「ええっ！　じゃあ、わざわざこのために起きてくれてるってこと？　ありがとうね。」

きっと彼女は電話の向こうで、目を見開いたり眉を八の字にしたりしているのだろう。声に表情があるって、こういうことなんだ。

「ほんとはサナさんがこの番組と出会った理由とか、色々聞きたいんだけど、尺もあるし、そろそろ本題にいこうか。」

本題、という言葉に、背筋が伸びたのが分かった。改めて、自分に記者会見のマイクが向けられたような気分だった。

「この大切な親友は、どんな人なのかな？」

ようやく口の中に溜まり始めた水分を飲み込んで、私は話し始めた。

「……私は今年、受験生になるんですけど、けっこう難しい学校を狙っていて、一年生の時から塾に通っていました。でも、私の学校にはあんまりそんな人がいなくて、クラスで微妙に浮いてしまって。」

「うんうん。」

耳に入るのは、控えめで、ただただ優しい相槌。ひどくやかましい教室に一人取り残されていた、二年前の私を労《ねぎら》ってくれているみたいだった。

「親も期待をしてくれるので、友達のことで心配かけられなくて。」

「そうだよね。」

「部活も幽霊部員で、もう友達なんてできないんじゃないかと思ってた時に、塾で出会ったのが、莉……その親友でした。」

「おー、なるほどねぇ。……その子はどんな子なの？」

　今でも、初めて話しかけられた日のことはありありと思い出せる。一年生の夏期講習初日、私が特進クラスに上がった日。

　授業の初っ端に返されたクラス分けテストは、なかなかの成績だった。数学は相変わらずだったが、国語がかなり取れた。偏差値も上々だ。

「えっ、すごい。」

　何の前触れもなく後ろの席から高い声が飛んできて、私はものすごく怪訝な顔で振り向いた。

「あ、ごめんね、いきなり。点数見えちゃったんだけど、国語、すごいね。あたし、国語苦手だから、教えてほしいくらいだよ。」

　そこには、くりくりとした目を輝かせ、屈託なく笑う女の子がいた。

突然のことに上手く反応できずにいると、テストを返し終えた先生が、後ろからその子の頭にぽす、とファイルを置いた。

「坂巻、お前はまず漢字からだろ。『新幹線』が書けないってどういうことだ。」

彼女は、先生の言葉にも臆せず、両手で頭を押さえながらくしゃり、と笑った。

「ごめんなさい、ど忘れしちゃって。」

柔らかい笑い声が、教室に散らばった。

その授業の後、荷物をまとめて一番に教室から立ち去った私を、彼女は走って追いかけてきた。

「さっきは突然ごめんね。あたし、坂巻莉々。もっかい、名前聞いてもいいかな。」

「佐伯、奈穂子だけど。」

「なほちーだ！」

身長の低い莉々は、跳ねるように私の歩幅に合わせていた。

「えっと、何それ？」

「え、呼ばれたことない？　奈穂子だからなほちー。もしかしてさえちーの方がよかった？」

「……ふふっ、どっちでもいいよ。」

こらえきれずに吹き出した私を見て、莉々はぱあっという効果音が聞こえてきそうな笑顔になった。

「やっと、笑ったとこ見れた。」

その眩しさに面食らいそうになったけれど、平然を装って正面を向いた。

「別に面白かったら笑うよ。」

「なら、これから毎回笑わせる！」

「なにそれ。」

そんなことを言いながら歩いた帰り道は、これまでで一番短く感じた。

「いつも明るくて、よく笑って、笑わせてくれて、無鉄砲なところもあるけれど、すごくまっすぐで純粋で。」

一個記憶から引っ張り出したら、まるで蓋を開けたように次々に思い出が押し寄せてきた。

私の学校の治安の悪い話を、知らない世界の話のように目を見開いて聞いていたこと。なほちーが教えてくれた漢字が出たよ！　と飛び上がって報告してくれた模試終わり。初めて志望校を打ち明け合った時、お互い頑張ろうとなぜかハイタッチを求めてきたこと。合唱コンクールで雰囲気が最悪になったクラスの愚痴を言い合った帰り道。

「私にとっては、太陽みたいな存在です。」

その全てが、なんの躊躇《ためら》いもなく、私にそう言わせた。

「そっかそっか。」

電話の向こうの返事は、なぜか少し嬉しそうな声色だった。

「そんな素敵なお友達が、大阪に行っちゃうんですね。」

「……はい。」

思い出の数だけ、その事実は残酷に響く。

「永遠の別れじゃないってことは、分かってます。でも、何でも言える人が、そばで励まし合える人がいなくなっちゃうことが、しんどくて。これで頑張れなくなったら、その子は悲しむだろうけど、頑張れる自信がないんです。」

話し終えてから、かなり一気に喋り続けてしまったことに気づいた。ただの十四歳が思ったことをそのまま言っただけの自分語りが、ドライバーや社会人や受験生のもとへ届いていると考えると、今すぐ布団に潜りたくなる。

「素直に話してくれて、ありがとうね。ちゃんと伝わってきました。」

そんな私の不安は、すぐに包み込まれて小さくなった。やっぱり、この人はすごい。

「サナさんがしてくれた分、私もまっすぐ返させてもらいます。ちょっとだけ、長くなっちゃうかもしれないけど。」

そう言うと、飛鳥井なぎさは、ほんの少しだけ声のトーンを落として喋り始めた。

「十代のころに言われる『大人になったら』って言葉、あんまり好きじゃないと思うけど、あえて今回は使わせてもらうね。サナさん、大人になるとね、人はどんどん境目が曖昧になるの。」

「……さかいめ？」

しょっちゅう模試や漢字テストで出される言葉なのに、全く違う響きに聞こえて、思わず聞き返してしまった。

「そう、境目。境界とも言えるかな。時間も、空間も、人も。例えば、今これを聞いてる人の多くは、サナさんみたいに一回寝るんじゃなくて、昨日と地続きのところにいるはず。昨日と今日がくっついてるの。」

そう言われて、小窓の外を見てみた。空はまだまだ真っ暗で、部屋の白熱灯に照らされていた昨日の夜とも、太陽の光に染められる朝とも、全く違った色に見える。

「東京と大阪もね、新幹線で二時間半じゃん、すぐじゃん、って思うようになる。寝てればあっという間。」

新幹線は、新潟のおばあちゃん家《ち》に帰省する時の、二階建てのものしか乗ったことがない。暇潰しに寝ても、起きたらまだトンネルの中で、その度うんざりしていたのを覚えている。

これは、すぐ会えるよ、ってそういう励ましなのだろうか。

「あ、勘違いしないでほしいんだけど、今の話は、いつかあなたもそう感じるようになるから楽しみにしててねってことじゃないよ。むしろ逆。サナさんには、今の気持ちを大切にしてほしいの。」

「今の、気持ち？」

「うん。大阪なんてすごく遠い、電話とかメールがあったとしても、今みたいに気軽に話せるわけじゃないし、どうしよう、寂しい！　って気持ち。」

どんぴしゃで言い当てられてしまった。飛鳥井なぎさという人はシンガーソングライターでもラジオパーソナリティでもなくて、エスパーかメンタリストなのかもしれない。

「人は、一度境目を曖昧にしちゃうと、もう逆戻りはできないの。時が過ぎるのもどんどん早くなっていって、寂しい気持ちも、目まぐるしい日々の中に置き去りにされてしまう。だから、その子に大きな感情を抱いていることは、すごく尊いことなんだよ。」

いつの間にか震えていた手で、パジャマの裾を握りしめる。

右耳から聞こえてくる声は、今まで読んだどんな本や言葉よりも、太く心を突き刺してくる。自分だけへ向けられた、感情を肯定してくれる言葉は、こんなにも大きな力を持つのか。

「……それからね、大事な人に対して、心から寂しいって思うのは、その人と距離を取れている証拠なの。」

小さく息継ぎをして続けられた言葉の真意を掴みかねて、口から、え、という音が漏れてしまった。

「ちょっと分かりにくいよね、ごめんなさい。さっき言った境目の話なんだけど、これは人同士にもあって、大事な人であるほど曖昧になっていくの。そうするとね、感情まで相手に流れこんでいくものだと思いがちになるんだ。これくらい言わなくても伝わるかな、とか、察してほしい、とか。分かるかな。」

思い当たる節しかなかった。十四年間、離れることなく暮らしてきた人。分かってない、分かってくれないと思っていたけれど、そんなの当たり前だったんだ。お母さんと私は、同じ人間じゃないんだから。

小窓の向こうから、小さなエンジン音が聞こえてきた。新聞配達の人だ、と、頭の冷静な部分が呟いた。

「だからね、サナさんに言えるアドバイスは、これだけ。さっき言ってくれたみたいな、自分の親友に対する今の気持ちを、そのままその子に伝えること。寂しいって思いが、過去になっちゃう前に、全部伝えるの。重くも、迷惑なこともない。保証します。」

目の前の薄緑の光が、ぼやけて増殖した。喉の奥が、一言目を喋る時よりもさらに締めつけられている。

「そう、します。」

声の震えを必死に抑えて、そう返した。

「うん、ありがとう。」

動いているところを見たことすらないのに、笑顔で頷く飛鳥井なぎさの姿が、見えた気がした。

「いやあ、今日はいつにも増して熱が入っちゃった。じゃあ、出演してくれたサナさんへの感謝と、サナさんの未来が上手くいきますようにと願いをこめて、拍手〜！」

聞こえてきた拍手は、大きな音が一つと、小さな音が複数。

私は、飛鳥井なぎさと、扉の向こうのスタッフさんと、電波の先にいる誰かに向かって、深く頭を下げた。

「ありがとうございました。」

「こちらこそ、ありがとう。失礼します。」

その声を最後に電話は切られ、ツー、ツー、という聞きなじみのある音に切り替わった。

呆然としたまま携帯を耳から離し、「終」のボタンを押す。熱で曇ってしまった画面をパジャマの裾で拭きながら、目が慣れて物の輪郭が捉えられるようになった部屋を見渡した。終わってしまうと改めて現実味がなくて、出かかった涙も引っ込んでしまった。

この大きな大きな感情を誰かと共有したかったけれど、きっとしないし、できないだろう。さっき電波に乗せられた言葉は、私だけのものだ。色々な人のところに届けられただろうし、共感する人もいるかもしれないけれど、今日の塾帰り、莉々に思いを伝えられるのは、私だけだ。ファンタジー小説で、妖精に出会ってしまった子どもも、こんな気分だったのかもしれない。

携帯をカバンに戻して、ベッドに横たわる。次に起きた時にやることは、このラジオをお母さんに返すことだ。「お母さんの大切なものを勝手に盗ってごめんなさい、もうしません。」と、しっかり頭を下げる。

小学生の時にお母さんと喧嘩して、「大事なもの入れ場」から腕時計を摑んでぶん投げたら「それはあなたのものである以前にお母さんのものなのよ」と、ジャイアンみたいな謎の理由でこっぴどく怒られたことを思い出した。きっと今回も尋常じゃないくらいに怒られるだろう。許してくれるかも分からない。けれど、不思議なことに恐怖や戸惑いはなかった。むしろどこか清々しささえ感じる。これが、「受験生必修語彙辞典」に載っていた、「達観」というものなのだろうか。

自分の気持ちを、自分で完全に理解することはできないけれど、一番敏感に感じ取れるのも、表現できるのも、自分しかいない。

どうやら、今の私は朝が楽しみらしい。ならば、まだ心臓の鼓動は収まらないけれど、早く寝るしかない。目覚まし時計の薄い光に別れを告げるかのように、私は布団を頭までかぶった。

昨日じゃない、今日が始まる。

猫のいるベランダ

神谷　公

いい天気だ。

南東に向いたベランダからは、これ以上ないほど朝の光が入ってくる。日当たりで決めたような築十五年のアパートだったが、二階の角部屋は二方向からの通風で、古臭さを感じさせず常にからりと乾いて快適だった。

ベランダの窓の外から鳥の声がする。アパートの敷地に立つヤマモモの木の実が赤く色付き出した頃だった。雀がついばみに来ているのだろう。暫くその高くさざめく声を朝日の中聞いていたが、数分後、木々の影が窓越しに大きく動いたと思うと、羽音激しく鳥達が飛び立っていった。何故かと見るまでもない。磨りガラスの掃き出し窓越しに小さな影が映った。カリカリと引っ掻く音がして、にゃあ、とひと声猫が鳴いた。

そのシルエットを眺めながら、藤崎夏子は漸《ようや》く起き上がった。

「おはよ」

ガラス越しに挨拶する。聞こえたのか聞こえないのか、猫はまたにゃあと鳴いた。

夏子はその猫が『小太郎』という名前であると知っていた。勿論夏子の飼い猫ではない。このアパートはペット禁止だ。大家は鷹揚ではあるが、流石に犬猫を飼っている住人はいない。なぜ夏子が猫の名を知っているかというと、首輪に名前が書いてあるからだった。迷子札のようなものだ。住所もある。近所の飼い猫だった。

夏子とその猫との付き合いは、もう随分と長い。ヤマモモが色付くこの季節、赤い実に誘われて集う小鳥を目当てに木に登る三毛柄の猫がこの小太郎だった。本能のまま駆け上ったはいいものの、飼い猫如きに捕まる野鳥ではない。突然の闖入《ちんにゅう》者《しゃ》に驚いて飛び去った雀達を恨めし気に見送り、何を思ったか小太郎は伸びた木の枝を渡って、アパートのベランダへと飛び移った。勢い余って網戸に突進した小太郎に呆気にとられていたのが、丼を手にしたその部屋の住人である夏子だった。

その日の朝食は温玉しらす丼で、にゃあにゃあにゃあとうるさく鳴いて網戸を引っ掻く小太郎に根負けして、部屋に入れてやり丼の三分の一ほどをやった。赤い首輪に飼い猫だと知った夏子は、勝手に餌をやってはいけなかっただろうかと少し後悔したが、日当たりの良いベランダにそのまま食後の昼寝とばかりにごろりと丸くなった小太郎を見て、まあいいかと思い直した。それ以来、ヤマモモの実がなくなっても毎朝小太郎は顔を出すようになった。ヤマモモが目当てか雀が目当てか夏子の朝食が目当てかそれとも居心地の良いベランダが目当てかは定かでないが、雨の日以外は毎朝決まった時間に来て昼頃に帰って行く習慣を作ったようだった。

一年以上の付き合いで、小太郎は随分と夏子に慣れた。ほぼ飼い猫のような感じだ。バレたら怒られるかと思っていたが、ベランダから出入りする小太郎を見かけた大家は、

「通い猫ね」

と鷹揚《おうよう》に笑った。初老の上品な婦人である大家は名を「キョウコさん」という。近所に大きなお屋敷を構えているのだが、何故かこのアパートの一階の奥の一室に住みついている。会社の行き帰りに会えば挨拶して偶《たま》に立ち話をする程度の関係だったが、小太郎が来るようになってから話題が増えた。どうやら猫好きらしい。犬猫禁止のアパートなのにと恐縮する夏子に、

「飼ってなければいいのよ」

とキョウコさんは悪戯っぽく笑った。

尚もカリカリと窓を引っ掻く音に、早く開けてやらなければと夏子が思った時、玄関ドアの外から声が聞こえた。

「藤崎さん、おはよう」

　声の主はキョウコさんだった。キョウコさんは夏子の部屋に入ってくると、真っ先にベランダの掃き出し窓へと向かう。

「あらあら、待たせちゃって」

　からりと窓を開けてやる。爽やかな朝の風と共にするりと小太郎が入って来た。レースのカーテンがふわりと揺れる。小太郎は音もなく部屋の中央へと進み、夏子の横まで来るとにゃあとひと声鳴いてその場に丸くなった。

「おはよう、小太郎。今日もいい天気ね。風が気持ちいいわ」

　キョウコさんはそう言って網戸《あみど》を閉める。手に持っていたバラの花を流しに置いてから、傍らにあるキャットフードの袋を傾けて専用の皿にざらりとドライフードを入れた。小太郎の側に置いてやると、丸くなっていた小太郎はもぞりと起き出してもぐもぐとやり始めた。このキャットフードはキョウコさんの差し入れである。

　毎朝の風景を満足そうに眺めてから、流しに置いたバラの束を小窓前に置いてある花瓶に生けた。元々生けられていたマーガレットは数本がもう駄目になりかけている。

「きれいでしょう。アパートの裏に咲いているのよ。ホント、いい季節よね。お花を買わなくていいのはありがたいわ」

キョウコさんは園芸が趣味で、アパートの敷地で色々な植物を育てている。雑多で統一性がない為庭園とはとても呼べないようなものだが、ひとつひとつに惜しみなく愛情が注がれているのは、その花のつき具合、葉の茂り具合でよくわかる。滴の付いたバラの花弁は朝日を受けて輝いて見えた。数本残したまだ元気のあるマーガレットと共に花瓶に収まると、部屋が一気に華やいだ。きれいね、と呟くように言うキョウコさんにそうですねと頷く。

「いつもありがとうございます」

女の一人暮らしという事で、色々気にかけてもらっていた。仕事が忙しく満足に家事もできない時は、弁当を作ってくれた事もあった。

皿を空にした小太郎が、そのざらりとした舌で口周りを舐めて満足そうにひと声鳴いた。日の当たるベランダの方へ歩いて行くと、心得たようにキョウコさんが網戸を開ける。レースのカーテンをするりと抜けて、小太郎は外に出た。ベランダの端のお気に入りの場所で、丸くなる。暫くすると背が微《かす》かに規則的に上下し出した。眠ってしまったようだ。

音を立てないようにそうっと網戸を閉めたキョウコさんは目を細めて眠る小太郎を見つめた後、くるりと向きを変えてドアへと向かう。

「じゃあまた後でね、藤崎さん」

「はい。また」

玄関のドアが閉まると、また部屋は静寂に包まれた。時折風がカーテンを揺らし、その影が床で揺らめく。夏子はまた寝転がってぼんやりと窓の外を見上げた。

青い空が眩しい。四角く切り取られてはいるが、キャンバスに刷毛で掃いたような鮮やかさだった。ずりずりと寝転んだままベランダ近くに移動する。風で揺らぐカーテンが夏子の頭を掠める。気持ちいい、うとうとして目を閉じた。

夏子は広告会社に勤めている。はっきり言って激務だ。残業、休日出勤は当たり前。営業三年目でそれなりに仕事を任されるようになって、やりがいはあるが家には寝に帰るような日々が続くと流石《さすが》にしんどい。それでもどうにかひとつの大きな仕事をやり終えて、ひと息ついたところだった。

働いている時は休みになったらアレをしようコレをしようと思っていたが、いざ会社を離れてみるとなんだか物足りない。静かすぎる自室の中、オフィスの喧騒を恋しく思ってしまう自分に気付いて夏子はひとり苦笑した。これではまるで社畜だ。

昼寝しかする事がないとはなんとも情けない、と夏子はうとうとしながら考える。しかしもしかしたらこの上ない贅沢なのかもしれない、と思い直した。嫌でもそう思うしかない。急にぽかりと空いた時間では旅行の連れも見つからず、両親を早くに亡くした身では帰る実家もない。結局こうして過ごすしかないのが独り身の悲しさか、と寝返りを打つ。

がしゃん！　と大きな音が頭の上から振り下ろされ、夏子は驚いて目を開けた。首を反《そ》らしてベランダを見ると、網戸に前足を掛けて後ろ足で立つ小太郎がこちらを見下ろしていた。なんとなく恨めし気だ。

「……そうね、あんたがいたわね」

ふふ、と笑って網戸に手を伸ばす。網目に引っかかっている爪の先をちょんと触った。

「あんたとこうして過ごすのも悪くはないわね」

にゃあ、と満足気に鳴いて小太郎は目を細めた。猫の目は不思議だ。透き通ったガラス玉の中に細く黒い瞳が浮かぶ。少し怖いようなその昼間の目は、細められると途端に愛らしくなる。小太郎とは夜には会った事がない。丸く膨れた瞳孔は見た事がないが、それはそれは可愛らしい事だろう。

足を戻して座った小太郎は、丸くなって寝ている時とは打って変わってスマートだ。しなやかなすんなりとした体を、上品な三毛柄で包んだその様はまるで貴婦人のようである。

小太郎がここに通い出して数ヶ月経った頃、その首輪に一枚のメモ用紙をくくりつけて来た事があった。茶碗に顔を突っ込む彼の首輪からそのメモを外して広げてみるとそれは大学ノートの切れ端で、お世辞にも綺麗とは言えない字で一文書かれていた。

どなたか知りませんが、いつも小太郎がお世話になっています。お礼がしたいので、良ければ一度いらして下さい。

その下に住所が添えられていた。首輪に書かれているのと同じ住所だった。夏子は少し考えて、機会があれば訪ねてみようとメモを机の引き出しにしまった。結局仕事が忙しく、行けないままだったが。

その住所は近所のもので、何度か前を通った事があった。白い壁と赤い屋根の、可愛らしい洋風の一軒家だった。生け垣がつるバラになっていたのを覚えている。あんな家に住むのはどんな人だろうかと考える。花いじりが趣味の、妙齢のご婦人か。なんとなくキョウコさんを思い浮かべる。洋館を背にして小太郎を腕に抱く姿が実にしっくりくる。しかしキョウコさんの実家は和風のお屋敷だ。そちらはそちらでしっくりくるので、なんとも不思議な人だと思う。

まあでもこの字はキョウコさんのイメージではない、と夏子はくすりと笑った。

どちらかと言えば隣の部屋の住人のイメージに近い。いや、隣人はそもそも日本語を書けるかどうかも定かではない。

隣人はイスラム圏の人だ。何人かは知らない。何度か顔くらいは見た事がある。もじゃもじゃとした髪と太い眉と浅黒い肌はいかにもという感じだが、彼が実際パキスタン人なのかサウジアラビア人なのかイラン人なのかは夏子には判断がつかなかった。他の国の人かもしれない。ただ、イスラム教を信仰している事だけは確かだ。なぜなら、開け放したベランダの窓から礼拝時の声が聞こえて来るからだった。夕刻、日が傾いて辺りが赤く染まる頃、朗々と響く男の声。詠唱のようなそれは、アザーンというらしかった。正確には祈りではなくお祈りの時間だよとの呼び掛けらしいが、夏子の耳には祈りとしか聞こえなかった。初めて聞いた時は驚いて、思わず動きを止めた。あまり部屋にいない夏子がアザーンを耳にする機会は少なかったが、聞こえて来る時はいつも目を閉じて聴き入った。

美しかった。不思議なリズムと不思議な言語。異国の神を讃える声が何故かどこか懐かしい。胸に染みて、隣の部屋がまた静寂に包まれた頃、夏子は自分が泣いている事に気付くのだった。

「今日も聞こえるといいな」

隣人が仕事か何かで外出していなければ聞こえてくるアザーンは、休日の夏子の数少ない楽しみだった。

「あんたは聞いたことないわよね。じんとするよ。神様を信じてもいいかなって気になる。まあうちは浄土真宗なんだけどね」

網戸越しに小太郎に話しかける。平均的な日本人らしく、浄土真宗の教祖が誰かも夏子は知らない。そんな夏子を横目でちらりと見て、小太郎はするりとベランダの隙間から出て行った。二階くらいの高さからだと、簡単に飛び降りる事ができるらしい。猫の身のこなしは大したものだと毎度感心する夏子の耳に、子供の声が飛び込んできた。わあねこちゃん、と舌足らずな喋り方で実に愛らしい。下の部屋の子供であった。来年から小学校だとキョウコさんが以前言っていた。日中家にいる事が少ない夏子とはやはりあまり顔を合わさない若い家族だったが、しかし特殊な交流があった。毎年夏になるとベランダ下から緑の蔓が顔を出すのだ。

グリーンカーテンというのだろう。下の部屋の親子が戯れに撒いた朝顔の種は一階ということもあり地面への直植えで、また南向きの立地が幸いして瞬く間に成長した。一階だけにとどまらず、二階の夏子の部屋のベランダにまで、侵食して来るまで時間はかからなかった。ごめんなさい、とある夜洗濯物を干している時に下から声をかけられた。覗き込んだが緑の葉が生い茂る向こうの顔はあまりよく見えなかった。

「上まで伸びちゃって。邪魔だったら切ってください」

恐縮した女の声に、はあ、と取り敢えず夏子は答えた。確かにベランダ柵の下の方まで触手のように蔓が巻いている。切っても良かったが夜にわざわざやる事でもないと思い放っておいた。そのまま数日経った。

夏子がある朝日を覚ますと窓から風が入ってきた。夏が近付いて寝苦しい夜が続いており、網戸のまま寝たのだった。ヤマモモの木の枝に鳥が囀《さえず》り、青い空は高く澄んでいた。その空の色を深くした青が、ベランダに散っていた。朝日を受けて見事に開く、命の短い丸い花が幾つも咲いていた。美しいと思った。

その次の年は朝顔ではなくゴーヤで、また次の年は胡瓜だった。鮮やかに目を引く美しい花は確かに良かったが、ごつごつとした緑の実はそれはそれで楽しめた。夏子が何も言わなくても下の部屋の母親から上の方のは好きに取っちゃってくださいと言われた。遠慮なく豊富な栄養とほろ苦さを堪能した。小さな子供には不評だったのだろうと次の年に不格好に曲がった細長い野菜を見て、思わず夏子は笑ってしまった。勿論またお裾分けにあずかった。今年は何だろうと密かに楽しみにしている。下を覗き込めば見えるのかもしれないが、ベランダまで伸びて顔を出すまでついつい待ってしまうのだった。

「食べられるものかしら」

夏子の貧相なガーデニングの知識からは何も思い浮かばなかったが、だからこそ楽しみなのだと口角を上げた。

ふふふとひとり笑みを深くした時、アパートの外階段を上る音が聞こえてきた。とんとんとんとリズミカルだ。体重を感じさせないその足音に、夏子はある人物を思い描いた。

夏子とは反対側の端の部屋に住む若い男。近所の町工場で働いている彼は、昼休みは家に帰ってくるそうだ。夏子と同じく、キョウコさんに偶《たま》に弁当を持たせてもらうらしいが、それ以外は家で簡単なものを作って食べると以前言っていた。

彼と初めて会ったのは、夜遅く仕事から帰宅した時だった。アパートの敷地内で妙な動きをしている者がいた。初めは不審者かと思い、足を止めて電柱に隠れて窺うように見ていたのだが、闇の中の男の動きがあまりに軽やかで滑らかで見入ってしまった。ダンスのようにステップを踏み、時折頭を波のように揺らし拳を繰り出す。シャドウボクシングだとわかった時、電柱から身を出した夏子を彼が見つけた。男はぴたりと動きを止め、小さな声で照れ臭そうに、ちわっすと学生のような挨拶をした。

その後何度か深夜に帰宅した夏子が彼のトレーニングに遭遇し、立ち話くらいはする程度の関係になった。仕事の事も、ボクサーである事もその時聞いた。まだ駆け出しだという彼は、いつも傷だらけだった。夏子はボクシングの事など何も知らない。バンタム級と聞いてもピンとこない。だが彼のシャドウボクシングは好きだった。街灯のわずかな明かりの中、流れるように舞うように軽やかに跳ぶその姿は、血生臭いスポーツとはかけ離れた美しさがあった。その空を切る拳が人を倒す為に磨かれて、その鼓動を刻むような動きが襲い来る攻撃を躱《かわ》す為のものだとは信じられない程美しく、月下の天女のようだとひとり胸の内で思っていた。

その若い彼はいつも走っている。階段を上る時も部屋までの僅かな廊下も、何かを惜しむように走っている。若さに似た余裕の無さが、いつも夏子は羨ましい。去って行った足音の余韻を味わうように、夏子はそっと目を閉じた。

少しうとうとしてしまったらしい。目を開けた時には日は既に傾きかけていた。いくら時間があると言っても、これは流石に無駄遣いだと暫し反省した夏子の耳に、何やら話し声が聞こえてきた。

「この部屋なんだけど……」

「そうですか」

廊下からドアの前に近付いてくる。ひとりはキョウコさんの声だ。もうひとりの男の声には聞き覚えがなかった。なんだろうと思いながら立ち上がって上がり框《かまち》まで行く。開けたドアからキョウコさんが顔を出した。続いて若い男が入ってくる。見た事のない顔だったが、その男が腕に抱いているのは見知った顔だった。

「小太郎」

夏子が呼ぶとにゃあと返事をする。だがちらりとこちらを見ただけで、大人しく男の腕の中に収まったままだ。

「小太郎くん、毎朝来てるわよ。勝手に餌をあげてごめんなさいね」

「いえ、こちらこそご迷惑をかけちゃってすみません」

男は頭だけぺこりと器用に下げる。随分と背が高い。キョウコさんは首が痛そうなほど見上げている。

「一度挨拶に来ないととずっと思ってて。こいつの後をつけてここだとはわかってたんですが……」

照れ臭そうに小太郎の頭を撫でる。気持ち良さそうに目を細めている。自由奔放だと思っていたが、やはり飼い主の腕の中は落ち着くのだろうか。

「以前一度首輪に手紙をつけたんです。ありがとうございますって。どういたしましてって返事はもらったんですが、うちへの招待は受けてもらえませんでした」

「藤崎さん、お仕事忙しそうだから。いつも夜遅いし」

「そうなんですね」

そうだった。機会があればとは思ったのだが、その頃は仕事の予定が立たず、取り敢えず断りの手紙を首輪に括り付けたのだった。

「お邪魔します」

彼は靴を脱いで上がり込む。軽く頭を下げられたので、反射的に夏子も会釈した。小太郎がするりと腕の中から抜け出して、ベランダへと向かう。いつもベランダから入り込むのでなんだか新鮮だった。カリカリと網戸を引っ掻くのを見て、「こら」と慌てて飼い主が咎めるが、いいんですよとキョウコさんが寄って行って開けてやる。細く開けた隙間から、待ちきれないようにするりと小太郎が外に出た。お決まりの場所は朝とは違って日は当たっていなかったが、逆にひんやりとして気持ち良さそうだった。

「風が気持ちいいな」

「周りに高い建物がありませんから。通風も日当たりも良好ですよ」

「いい景色ですね。小太郎も気に入ってるし……。ここなら実家を出ても毎日会える」

「ご実家がすぐ近くなのに、わざわざ一人暮らししなくても……」

「ずっとしてみたかったんですよ。家事は嫌いじゃないので」

くるりと部屋を見渡した彼は、キョウコさんに改めて向き直った。

「この部屋、お借りしたいんですが」

自分よりずっと背の高い彼を見上げて、キョウコさんは少し困ったように微笑んだ。

「……ずっと空き部屋にしてたのよ。誰かに貸す気になれなくて」

肯定とも否定ともつかぬ独り言のような返答を返して、キョウコさんは先程の彼に倣うように部屋をくるりと見渡した。

「もう半年近くになるのよね」

独り言の続きのようにぽつりと言葉を継ぐ。瞳は悲しそうだった。夏子はそっとキョウコさんに近付いてその前に立った。

「若い女性だったと聞いていますが」

「ええ、若くて綺麗なお嬢さん。藤崎夏子さんって言ってね、彼女もこの部屋のベランダから見える景色を気に入って契約したの。もう何年も前の事だけど」

目の前の夏子が見えていないキョウコさんは、そう言ってベランダの方へ移動した。網戸越しに外を眺める。

「いずれは良い人と結婚してここを出て行くんだろうと思ってた。そう思ってたのに」

空が赤く染まり始めていた。鳥の群れが影絵のように窓枠で切り取られた四角い空を端から端へと移動する。

「まさか死んでしまうなんて」

疲れを見せたその顔にはいつもの若々しさはなく、年相応の老女に見えた。

「……突然、ですか?」

「心筋梗塞。若いのにね。会社から出たところで倒れたそうよ。……いつも通り、ここへ帰ってくる筈だったのに」

そうですか、と小太郎の飼い主はぽつりと呟く。暫くふたりは無言で夕空をじっと見ていた。ふたりの後ろから夏子も共に外を見る。生きている頃にはあまり見る事はない景色だった。ああそうだったと夏子は思った。今自分が謳歌しているのは束の間の休日ではなく、永遠のお休みなのだ。

仕事ばかりで部屋には寝に帰るような生活だった。朝早くか夜遅くしか知らなかったこの部屋に、死んでからずっといる。ぬるま湯の中を漂うような、波打ち際で佇むような、起きているか眠っているかわからない曖昧な日々。違う場所へ行く気にもなれず、ずっとこの部屋で茫洋としていた。そうしてここでいつ終わるともしれない日々を過ごして、貴重なものに気付いた。

毎朝挨拶と共に訪れるキョウコさんは主人のいないがらんどうの部屋に風を通し花を飾る。

下の部屋の子供は、上の住人がもう部屋にはいないのだと母親に聞かされて小首を傾げた。じゃあどこへ行ったのと問われて母親は躊躇《ためら》いがちに「天国へ」と答えた。その答えを聞いた幼い子供は、じゃあてんごくまでとどくといいねと植えた苗木に毎日水をやっている。おおきくなあれ、と毎日舌足らずな声が聞こえてくる。

ボクサーの彼は、毎夜のシャドウボクシングの終わりに、アパートの前の道に向かって暫く佇むようになった。何かを待つように、暗闇の夜道に、街灯の明かりの下に、何かを探すように視線を移して最後にいつも溜息をついて肩を落として部屋に向かう。いつも走っている彼が唯一、足取り重く疲れたように歩く時間だった。

隣の部屋のアザーンは、夏子の部屋に向かって聞こえてくるようになった。壁を通してくる声の聞こえ方でそれがわかった。異国の神に捧げる祈りのほんの一欠片でも届けばと、隣人に安らかな眠りをもたらせばいいと願っているかのようだった。

そうして今、夏子の不在にもかかわらず通い続けた猫が新たな住人を連れて来た。ただ一度の手紙のやり取りだけの、一面識もない彼は、それでも夏子と同じ風景を見て夏子の死を悼《いた》んでいる。

窓際に並んだふたりの後ろ姿を見て目を閉じた夏子は、瞑目したままふたりの間をすっと抜けた。網戸を開ける事なくベランダに出る。

風が吹いた。目を開けると一面の空が飛び込んでくる。赤く染まった空。たなびく雲。アザーンが流れた。深い響きが夏子を包む。昇っていけそうだった。ベランダの下には少し緑の蔓が顔を出している。天へと伸びるその蔓と、空へと昇る異国の響き。

夏子はまた目を閉じた。小太郎がにゃあと鳴き、夏子はくすりと笑った。

猫の住まうこの家は

沙映

私は猫である。名前は飼い主から与えられた。

ドアが開く音がして、ベッドから首を伸ばして振り返る。ワンルームの玄関で、飼い主が鞄を置いて靴を脱いでいるところだった。

「おかえりなさい」

飼い主は顔をあげると、力を抜くように軽く息を吐いた。ワイシャツに包まれた肩がかすかに下がる。きちんと折り目のついたスラックスを引きずるように歩き、ベッドのそばまで来て私の頭をひと撫でした。

「すぐに夕飯を用意するからね」

シャツを脱ぎ捨ててくたびれたTシャツを着た拍子に、眼鏡がかしゃんとかすかに音を立てる。声はいつも通りに柔らかだったが、シャツを文字通り脱ぎ捨てる動作にも、クローゼットを閉じるその手つきにも、狙われた鼠のような性急さがあった。

私は伸ばしていた首を引っ込めるようにしてベッドの上で丸まる。ぺたぺたと裸足で歩く足音と、冷蔵庫の開く音が聞こえた。

「今のうちにシャワーを浴びておいで。まだなんだろう?」

柔らかな呼びかけだったが、いつもとは違う輪郭を持った声。人質を取った強盗犯を説得するような、張り詰めた優しい声。私は細く目を開ける。部屋着に着替えた飼い主の足が見えた。きっちりと固い革靴に包まれていたかたちを残すように、四角い爪の親指がゆるく曲がっている。

私はゆっくりと起き上がる。ぺたりと床に足をつけると、一瞬くらりと立ちくらみがした。


「電気を消すよ」

飼い主は私がベッドに入っているのを確かめると、ぱちりと部屋の入り口にあるスイッチを切った。途端に部屋の中が真っ暗になる。飼い主が懐中電灯がわりにしているスマートフォンだけが、つめたいくらいに白く光っている。輪郭も見えない飼い主の気配がベッドに入って来た。スマートフォンを充電コードにつなぐ手元だけが照らし出されている。

「おやすみ」

「おやすみ」

そう答えたものの、私はすぐには眠れなかった。猫とは夜行性なものだし、昼間はずっと微睡《まどろ》みを繰り返しているので、ベッドで横になっても眠気を感じられないのだ。

徐々に慣れてきた目を飼い主に向ける。外での仕事が疲れるのか、それとも元々の性質なのか、飼い主はすとんと眠りに落ちてしまっていた。スマートフォンの充電器が、接続を示す赤いランプを点灯させている。かすかなその灯りのもとでは、飼い主は血濡れた幽霊のように見えなくもない。

ごろりと寝返りを打ち、天井を見上げる。部屋が暗いせいか、充電器の赤色は靄《もや》のように天井まで広がっている。けれどそこには照らし出されるようなものは何もない。隣で繰り返すかすかな寝息が、冷蔵庫の鳴る音に紛れる。

空白の時間であるのは昼も夜も同じことなのに、夜の方がずっと長く感じる。目を閉じる。また開く。飼い主はすっかり眠りの中。猫の私は眠れず、かと言って何か考えるようなこともなく、じっと天井の一角を見据えている。猫のように。

ふと、天井が明るくなった。赤い靄が消し飛ぶ。瞬きののち、スマートフォンの画面がついたのだと気づいた。私は首だけを伸ばして画面を覗き込んだ。

れいこ、とひらがなで名前が、続いてメッセージが表示されている。

『今日は突然すみませんでした。でももし何かを話してくださる気になったら教えてくださいね』

一瞬の間の後に、続けて同じ名前とメッセージ。

『お力になりたいと思っています』

『夜分にすみませんでした。また明日』

しばらくの間、スマートフォンは三つのメッセージを辛抱強く表示していたが、やがて画面は消え、暗い赤色の光だけが残された。


「いってきます」

ドアを閉める音、鍵を閉める音。それを私はベッドの中で聞いていた。寝返りを打つと、テーブルに置かれた朝ごはんが目に入った。小さなクロワッサンが三つに、二つに切ったゆで卵が添えてある。

「世話をできる自信がないんです」

本物の猫を飼わないのかと尋ねたときの、飼い主の恥じ入るように丸まった背中が、寝起きの私をもう一度夢の、あるいは記憶の中へと引きずり込んだ。

私が猫になったのは、二ヶ月ほど前のはずだ。三ヶ月か四ヶ月かもしれない。猫には日付も曜日も関係ないものだから、せいぜい日が延びたとか朝晩の冷え込みがましになったとか、その程度の基準しかないのだ。

二ヶ月前の私は人間だった。けれども、人間からはいくぶん漏れていた。日付や曜日は苦手な分野の一つだった。時間というもの。一日は地球の一回転だとしても、一時間はそれを二十四に割ったひとかけら。二十四という数字は便利だからと決められたのだと、昔どこかで聞いた覚えがあった。便利だから、都合がいいから。世の中に、社会にとって。

私には一時間という概念を、それに類似する取り決めの多くを、呑み込んで受け入れることがうまくできなかった。社会の歯車になんてなりたくない、という贅沢を言うつもりはない。ただ、やり方を知ることができなかった。

それで私は人間ではいられなかった。けれど私は、当然ながら人間だった。前足ではなく手を持っていたし、尻尾やふさふさの毛は持っていなかったし、基本的人権とやらを持つ代わりに三大義務とやらを負っていた。

「僕の猫になる気はありませんか」

私がいくつめかのアルバイトを——なんとか、その短い時間の間だけでも人間の皮を被ろうと試みて——望まない形で中断した日だった。その頃の私は一応人間だった。少なくとも猫ではなかった。けれどその日初めて会った今の飼い主は、私を猫にしたいと言った。ペットが飼いたいのだと言った。

「でも、動物は意思の疎通ができないでしょう？　言葉だって通じないし、危ないことが分からないもんだから逃げ出して車に轢《ひ》かれたりするかもしれない。体に悪いものでも分からず食べるし、大事なものでもひっくり返すし」

だから私のことを飼いたいと、飼い主は説明した。でも私は人間であって猫ではないと言うと、飼い主はゆっくり一度頷いた。

「世の中ではそうです。でももし君が、人間をやめて猫になるのなら、君が世の中でそうであるのかは問題ではないのです。誰かの家で飼われている猫が、一般的な定義において猫なのかどうかは、世の中には関係ありませんから」

そうして私は飼い主の飼い猫になり、もう二ヶ月だか三ヶ月だかこの家にいる。私は猫だけれど、爪とぎはしないし、用は人と同じトイレで足して自分で水を流すし、お腹が空いたら自分で冷蔵庫を開ける。その「猫」っぷりに、飼い主は満足しているようだ。

緩やかな夢見心地が、不意に途切れる。目を閉じても眠気は襲ってこない。私はベッドから這い出ると、飼い主の用意していったパンを口に運ぶ。

日はすっかり高い。窓から差し込む陽光は、冬場の薄氷を透かしたようなよそよそしさを失い、布団の中と同じくあたたかい。私は外に出ないから分からないけれど、風の冷たさも随分とましになったのだろう。学校のチャイムの音がかすかに聞こえてきた。

家の中で飼われている限りにおいて、私は猫である。

電話が鳴った。

正確には、スマートフォンが振動を始めたのだ。この家には、いわゆる電話機はない。ベッドと冷蔵庫のような必需品の他にあるのは、背表紙の色が抽象的なモザイク画のように整えられた本棚、焦茶色の小ぶりで上品なクローゼット、もっと淡い色で膝ほどの高さのテーブルとその上に置かれたノートパソコン、あとは飾られた小さな絵画や写真、置物の類だ。

ベッドに放られているスマートフォンがシーツを震わせ、丸くなっている私のふくらはぎを間接的にくすぐった。

飼い主はシャワーを浴びている。マナーモードでなければ着信に気づいたかもしれないが、さすがにシャワーの音には勝てないだろう。見知らぬものを警戒する猫のように。こそばゆさに身じろぎしながら、私は画面を覗き込む。

『斎藤礼子』

れいこ、と私は囁く。バスルームの扉の向こうからは、シャワーの音が続いている。振動は太ももまで広がり、シーツには小さな地割れが走っている。

私は人差し指を一本、突き出すと、緑色の丸い電話マークに触れた。

画面が切り替わり、時間のカウントが始まる。私はスマートフォンに覆いかぶさるように顔を近づけ、隣の部屋を盗み聞きするように耳を向けた。

「もしもし、夜分にすみません」

みずみずしく、どこか慌てたような女の声だった。電波の具合なのか、女のいる場所の音なのか、葉擦れのように落ち着かない雑音がして、それは扉一枚隔てた水音よりもはっきりと聞こえた。

「部長が言ってたこと、気にしてたりとかしないかなーと思って……」

おせっかいですみません、と申し訳なさそうな、それでいて軽やかな声がした。詫び入りながらも、それが恥ずべきことだとは思っていないような。私の庭に咲いた桜が、お宅の庭を汚してすみません。けれど綺麗な花でしょう？　よければご一緒に花見をしませんか？

「ああいうのって、むしろ営業の仕事というか……上手にされたら、私たちの立つ瀬がないって話ですから。私たちは逆に、開発の方みたいな技術のことっててんで分かりませんし」

私は息を殺している。

「……すみません突然、ご迷惑でしたね。また明日、よろしくお願いします。失礼します」

あくまで冷静に、理知的に、ほんのひとかけらだけ感情らしきもの——心配そうな吐息——を乗せて、電話は切れた。私はゆっくりと起き上がり、画面を見下ろす。通話時間を示す数字が表示され、まもなく消える。

シャワーの音が止む。私は、飼い主が食事を用意するのを待っている。

すっかり日が長くなった。ふかふかのベッドで丸まるよりも、ひんやりした床でだらりと伸びていたいような日が増えてきた。

鮮やかすぎるくらいに真っ赤な夕日が、窓から部屋を照らし出している。このところずっと日は長くなったけれど、飼い主は明るいうちには帰ってこない。お腹が空くと、冷蔵庫を開けてトマトやらきゅうりやらを囓《かじ》る。私は冷蔵庫を開けることができる猫だから。

そろそろ日が落ちるから、カーテンを閉めて電気をつけなければいけない。別に電気もつけずにうずくまっていたところで、誰に文句を言われるわけでももちろんないのだけれど。

西日はいつになく強く、せかすように部屋の中を赤く照らしている。眩しさから背くようにきつく目を閉じてうずくまると、途端に起き上がるのが億劫になった。黄昏時の心地よい涼しさが、体をからめとるように包み込む。どこかのスピーカーから鳴っているのか、少し割れた音楽が、遠くから風に乗って聞こえてきた。

時間を感じることもない、海の中の迷子のような意識を引き上げたのは、誰かの話し声。

目を開けてもあたりは暗く、窓の向こうはもうすっかり夜空で、歪んだレモン型の月が小さく浮かんでいる。床に丸まっていたせいか、冷えた腕と足が思いの外痺れていて、起き上がろうと体を少し持ち上げたところでころりとまた横になってしまった。

話し声はドアの向こうからしていた。内容は聞き取れないが、男と女の声が途切れ途切れに聞こえている。他所の部屋の人だろうかと意識をそらした瞬間、がちゃりとこの家の扉から鍵を回す音がした。私ははっとうつ伏せになると、物音がしないように四つん這いのままベッドの足に脇腹をぴったりとくっつけて、暗闇の中で息をひそめた。

扉が開く。部屋の中よりも外の方が明るく、入ってきた人影の輪郭ていどしか摑めない。それでも二人分の人影のうち、片方は飼い主であり、もう片方は女であることは分かった。

「ここまでで結構です、ほんとうに」

飼い主が心もとない声で言った。すっかり叱られた子供が口答えをするような、びくつきながら主張をするような声。飼い主の影がふらりと崩れるように部屋の中に滑り込み、扉の外側へと向き直った。開いた扉の端とチェーンの下がった根本のあたりに手をおいて、まるで激流に流されまいとするように力を入れて摑んでいる。あるいは今にも膝を折りそうなのかもしれない。

こわばった飼い主と嚙み合わないほど、女はゆったりと頷いた。見上げた顎の輪郭に、かすかに微笑みが覗いている。長くはない髪の、肩のあたりだけがやけに乱れていて、廊下の灯りで白い糸がほつれているように見えた。細い指先がそれを解くように動いた。

「そんなに必死にならなくても、まさか家に上げろなんて言いませんよ。お送りしただけですから。今日は、ゆっくりお休みになってください」

いつか電話越しに聞いた声に似た、思いやりに満ちた声だった。女の影は小さく頭を下げると、あっけなく去っていった。後には頑固で慎重な見張りのように立ちすくむ飼い主と、息を殺したままの私が残された。

どれだけの時間が経ったか、飼い主は思い出したように扉を閉めて、鍵とチェーンをかけた。途端に玄関は真っ暗になり、飼い主はその闇に溶け込んで見えなくなった。窓からの月明かりはカーテンの皺を克明に照らし出しているが、部屋の奥までは届いていない。

私は今だに、狩りをする猫のように体を折り曲げ、瞳だけをじっと上に向けていた。思ったよりもずっと下の方で、人間の息遣いが聞こえた。

湖の上に張った氷を渡る動物のように、暗い部屋を玄関へと近づいていく。近づくにつれて、飼い主の姿が見えるようになる。靴が雑然と置かれた玄関に、中途半端な胡坐《あぐら》をかくように座り込んでいる。汚れているのか濡れているのか、暗い中では判別がつかないが、ワイシャツの襟元が他の場所より色が濃くなっていた。丸まった背中にこわばりはなく、ゆったりとした呼吸に合わせてかすかに動いている。

眠っているように静かだった。

「ねえ」

私が声をかけると、飼い主はゆっくりと顔を上げた。私は依然として四つん這いであり、飼い主は床に尻をつけて座り込んでいたので、まともに視線がぶつかる。飼い主は私の目をじっと見て、思いやるように励ますように目を細めた。眼鏡の黒い縁が周りの暗がりに溶け込んで、飼い主の目元だけが切り取られてぽっかりと浮かんでいるようにさえ見えた。飼い主の手が、水面に鯨が顔を出すようにゆっくりと輪郭を持ち、私の頭を撫でた。

私はしばらく黙ってされるがままにしていたが、飼い主は私の頭を撫でるばかりだった。立ち上がることも電気をつけることもせずに、まるく浮かぶ二つの瞳がじっとこちらを見ている。

何かを待っているのだろうか。何を待っているのだろうか？

私は尋ねてみた。

「さっきの人、だれ？」

言い切らないうちに、頭がぐいと引っ張られ、皮膚が張り詰めた。髪を引っ張られているのだ、と気づいたのと同時に声がする。

「関係ない、忘れなさい」

叱られている、怒られていると気づくまでに数拍あった。その間に飼い主は私の髪を放し、立ち上がり、引っ張られた頭皮を戻すみたいに頭をまるく撫でた。

飼い主がスイッチを押して、部屋は途端に眩しくなる。顔をしかめて目を細めると、立ち上がった飼い主の足さえ見えなくなった。

このところの飼い主は、家にいる時間が長い。

というか、ほとんど家にいるのだ。もしかすると連休か何かなのかもしれない。日付の感覚はもうすっかり抜け落ちてしまっているので、実際どうなのかは分からないが、現実として家にいるのだから何かの休みなのだろう。

とはいえ、飼い主が家にいるからといって何か変わるわけでもない。私は変わらず寝たい時に寝て、食べたい時に冷蔵庫を開ける。強いていえば、昼食やおやつを飼い主が用意してくれたり、時折頭や背中を撫でられたりするくらいだ。

家にいる割には、飼い主は電話をしたりパソコンに向かったり、あるいは出かけたりと忙しなく動いている。そして何かを確かめるように、窺うように私の顔を覗き込む。

私は黙っている。意思疎通のできる賢明なペットとして、同じことでは叱られないように。言葉の通じない猫ではないから。

けれど私は、この家にいる限りは猫なのだ。

飼い主は今も電話をしている。電話相手の声は流石《さすが》に聞こえないが、飼い主は話し込みながらパソコンのキーボードを叩いている。口ぶりから何かの相談をしているようで、しきりに恐縮がっていた。すみませんとありがとうございますで耳にタコができそうだ。

相談の相手は、あの女だろうか。

おせっかいな女なのだろう、という推測には、かすかな嫌悪が混じっていた。輪郭と声をもとに、頭の中でこっそりと組み立てられていく。肩までの髪をきっちりと整え、爽やかなグレーのスーツを着て、ヒールをこつこつと小さく鳴らしながら歩く女が、私の知らない飼い主の名前を呼ぶ。

何か困ってるんでしたら、相談に乗りますから。

無責任なほどに軽々しい提案。けれど女にはできるのだろう。相談に乗ること、困りごとを解決するために手を貸すこと。女は人間だ。それも恐らくはかなり人間らしい人間だ。血統書付きで、毛並みが自慢の、鼠をよく捕る人間だ。金持ちの施しのように気配りをばらまいても平気な。

「すこし出てくるね」

飼い主は私をひと撫でして、玄関の扉を開ける。少し暑いくらいの日の光が一気に流れ込んだ。飼い主が出て扉が閉まると、部屋は途端にため池のように静かになった。

私は猫として留守番をする。勝手に用を足して処理し、冷蔵庫を開けて飢えと渇きをしのぎ、家具ではなく爪切りで爪を短くし、なにやら必要そうな機械や紙束にはけして触らない。

この部屋の中にいる限りにおいて、私はあの人の猫だ。

けれどこの部屋を出てしまえば、私はあの人のものでもなんでもない、野良で雑種で狩りのできない人間になる。

それで私は、部屋の外の、飼い主ではないあの人を知らないでいる。


「──今までありがとうございました」

スマートフォン越しに行き交う言葉の中で、その言葉だけが耳に引っかかったのは、馴染みの深い言葉だったからだ。

私が半端者とはいえ人間だった頃、よく口にした言葉。アルバイトを辞める時――辞めるというよりは、辞めさせられるとか辞めてほしいと頼まれるとか、もうすこし受動的な表現がより的確だけれど――の鳴き声。

私はベッドから、机に向かっている飼い主の背中を見た。スマートフォンを耳に当てたまま、飼い主はしきりに頷きながら相槌を打っている。ええ、ええ、はい、本当に、ありがとうございます、こちらこそ。そこから会話の内容を察することはできないけれど、飼い主の声がいくぶん明るく、それでいて少し緊張をにじませていることは分かった。

私はベッドで背中を丸めて横になったまま、部屋着姿の背中を見つめる。

どれくらいそうしていたか、飼い主は電話を切ると振り向いた。

もしかしてさっきの電話は会社なんかじゃなくて、気心の知れた昔馴染みとか、実家の家族とかだったのかもしれない。飼い主はくつろいだ日曜日の日向ぼっこみたいな顔をしていた。仕事の電話で、別れの決まり文句みたいな言葉を口にして、こんなに穏やかな顔で居られるものだろうか？

飼い主はスマートフォンを机に転がして――本当に、置くというよりは転がすという杜撰《ずさん》さで――そのまま体を倒して床に寝転がった。はずみで眼鏡がずれたが、飼い主は気にしたふうもない。歪んだはずの視界に顔をしかめることすらせずに、腕を持ち上げてベッドの上の私に触れようとした。ひっくり返った状態のせいで思うようにいかないらしく、私の目の前で飼い主の手がひらひらと踊っている。気まぐれな蝶のように。

「引越しだよ」

私はベッドの縁から身を乗り出して、飼い主の逆さの顔を見下ろした。彷徨《さまよ》っていた飼い主の手が私の頬を捉え、耳の下を通って頭の後ろを撫でた。

「引越し？」

飼い主は頷いた。

シーツをぎゅっと摑む。それはどういう意味だろうか。仕事を辞めて引っ越す？どこかで新しい生活でも始めるの？　それはどうして。新生活の春はとっくに過ぎているはずなのに、突然なぜそんなことを思い立ったのか？

何かきっかけがあったのだろうか。生活を丸ごと切り替えるような、分岐点が。

「あの女？」

唇が勝手にもつれて、踏んづけられた猫みたいな鳴き声が漏れた。私の頭を撫でていた逆さまの手が止まる。伸びた髪が落ちて視界の端に暗幕を引いた。

「……そうだね」

やっぱり、と私は体を丸めてベッドの上に引っ込んだ。猫のように体を丸めれば、視界はシーツと腕に囲まれて真っ暗になる。

人間は人間と結ばれるし、そうすれば一緒に暮らす。結婚して、子供を産み、家庭を築いて。それが社会で生きる人間の姿。

飼い主は、『飼い主』なんだ。人間だ。

私は猫だ。

一緒に暮らすのは同じでも、人間どうしと猫を飼っているのとは全然違う。

私は猫だから。

「でも、君はそんなこと心配しなくていいんだよ」

いつの間に起き上がったのか、飼い主の声が頭の上から聞こえる。背中に手のひらの重みを感じた。

心配、そうか、この人が飼い主でなくなるなら私は猫でもいられないんだ。言われなければそのことにさえ思い至らなかった自分に呆れた。

「もうあの人が来るようなことはないから」

それはそうだろう。飼い主が引っ越すのなら、この家に来る必要はなくなるから。

飼い主は言い聞かせるようにそう言いながら、私の背中を撫でていた。いつも私にそうするみたいに。触れる強さも、撫でるゆっくりさも、服越しにかすかに伝わる手のひらの硬さも温度もいつも通り。そこには惜しむ気持ちとか憐れみとか罪悪感とか、余計なものがあるようには思えなかった。

「……私、ここにいてもいいの？」

顔を上げると、飼い主の眼鏡と鼻がぶつかった。飼い主は目をぱちくりとさせて、子供番組のお兄さんみたいに態《わざ》とらしく首を傾げた。

「ええと、だからね、引っ越すんだ。大丈夫、新しい部屋もこの部屋とそう変わらないし、家具も持っていくから」

「……私も、ついていっていいってこと？」

「もちろん」

また大げさに頷いて、飼い主は私の頭を抱き寄せた。飼い主の着ている緑色のTシャツから、シーツと同じ匂いがした。

「外の人間には、僕の家に触れて欲しくないんだ——僕しかいない、僕だけの家」

飼い主は口の中で飴玉を転がすみたいに言葉を舐めている。これだけ近くにいても、耳をすませなければ聞こえないような声。視線は私の頭を通り過ぎ、ベッドサイドに飾られた風景画、本が整然と並ぶ本棚、陽光に揺れる白いカーテン、と部屋の中を巡っていく。

「何かに脅かされることも、評価されることも、変えられてしまうこともない、あってはいけない」

飼い主は、不味いものを飲み下せずにやむなく嚙むように動かしていた口元を一旦きゅっと結び、そして開いた。

「知られたくも見られたくもない」

私はずっとベッドで眠っていた頭をなんとか動かす。

それでも、すっかり猫になってしまった私の脳みそは大した働きをしてはくれない。一本のひとつながりの理論ではなく、クッキーのかけらみたいにこぼれた結論がぼろぼろと散らばるだけだ。

あの女が理由というのは、あの夜にあの女がここに来たからという意味。

引っ越すのは飼い主と私で、場所だけを変えて同じような家に同じように住む。

あの女は飼い主にとって、この家に対する脅威でしかない——たとえあの女にそのつもりはなくても。

飼い主はこの家を誰にも何にも晒したくないと思っている。ひとかけらでも壊されることを恐れている。

「さあ、おいで。準備をしよう」

そして、私はこれからも、この人の猫としてこの家の中にいることを許される。

この人が隅から隅まで目を配り、気を配り、維持し守っているこの王国のような家の中に。

扉の向こうのすべての人を排し、その目に入れることすら許されない宝箱の中に。

その宝の一つとして、この人の猫として。

「……うん」

私はベッドから起き上がる。私の着ているシャツからも、シーツと同じ匂いがした。

骸蟲

玖月あじさい

妹が死んだ。

私は一晩、寝ずの番をしなければならない。

私の住む地域には、変わった風習がある。

葬式が行われるまでの一夜、寝ずの番をしなければならないというものだ。

そうしないと、骸蟲が遺体を跡形もなく食べ切ってしまうらしい。

無事に葬式を執り行うためにも、寝ずにひたすら虫を退治する手立てをとり続けないといけないらしい。

守り刀のごとく、なにかしら刃物を置けばいいというものでもなく、令和の今でも人が付きっ切りで世話をしなければならないらしい。

妹が亡くなって返ってきた今晩、その役目は私の物であった。

マッチを擦って代々伝わる香に火を着ければ、うっすらと煙が部屋の中へと溶け込んでいく。部屋の隙間——障子《しょうじ》の間という間にはビニールテープを何重にも貼った。さらには虫が嫌うという氷を置いて、虫が入らないように。電気も点けてはならない。灯りに誘われて虫が入ってくるかもしれないから。

ゆるり、ゆるりと煙が揺蕩《たゆた》う。

虫が忌避する成分が含まれた煙が、部屋の中に静かに満ちる。

代々受け継がれてきたというその香に、人体への安全性を期待する方が愚かだと十分にわかっていた。故にかつてこの役目は、奉公人など召使の部類が担っていたという。今は年長者がやることが多い。要するに、命に優先順位を付けているのだ。命を喪ったことを悲しむ前夜だというのに。

ここまで言えばもう誰だってわかるだろう。私が番をしているというのはつまり、そういうことだ。

さて。

一通り骸蟲を避ける方法は取った。後は、氷が溶けたら取り換えたり、火が消えたら着け直したりするだけだ。この一晩程度では、テープは剝がれ落ちないことだろう。

煙を避けるように、私は妹の遺体から一番離れた端に座り込んだ。

妹は交通事故に遭って、死んだ。

青信号に変わるだろう、とまだ赤信号の時に渡り始めたら、まだ大丈夫だろうと急いでいた乗用車に轢《ひ》かれてしまったとか。事件性もへったくれもない、紛《まご》うことなき交通事故だ。

真夜中に警察から電話があり、母に起こされ車を飛ばした。警察に案内された先では、ご丁重に妹だとわかるように顔だけはある程度残ったまま、横たえられていた。

母はすっかり変わり果てた妹に縋《すが》って泣きじゃくっていた。警察官がおろおろと狼狽《ろうばい》するレベルで大声で泣き叫んでいた。

あんなに可愛い子だったのに、あんなにいい子だったのに。

どうして、あなたの方が死んでしまったの？

父は、母の背を撫で、その一言一言に対して全面的に肯定していた。

「あなたは哀しくないの？」

「いいえ、呆然としているんです」

妹が死んだと聞いて駆け付けた親戚に詰《なじ》られ、そう返した。とは言え、あまり正確ではないのだけれど。

呆然。

親戚はきっと、予想外のことに呆気に取られている、という意味だと考えたことだろう。けれど私にとっては、気が抜けてぼんやりしている方だった。情が薄いと思われるかもしれない。そうかもしれない。

ただこれは妹に限ってではなく、とかく私は感情とか欲とかそういったものが希薄であった。

がらんどうと言いきってしまってもいいかもしれない。

楽しいだとか哀しいだとかがなくて、趣味とか好きなことも好きな人も特になく。なんのために生きているのかと問われれば、私にもわからないと首をかしげるだろう。

一方、妹はというと私と逆できらきらした子だった。

きゃらきゃらと笑って親にうまく甘えていたのだと思う。両親も仕方ないなと言いつつ、妹に対して甘く接していた。

いい点数が取れたの！　そう笑ってケーキをせがむ妹を横目に、私は満点のテストを握りしめていた。

そんな対極的な姉妹であったから、妹の方がこんなにも愛されるのは仕方のないことだった。妬《ねた》んだこともあったけれど、仕方のないことだと思えるようになった。

私のどこが悪かったのだろうか。そう考えて鬱々としていた時期もあったけれど、大人になってしまった今では無味乾燥した気持ちしかない。平坦なのだ。どれだけ考えてもどれだけ考えても、この差に関して説明がつかなかったし、甘えるような可愛い子がいいのだろうかと思ってももうそんな年ではなかったし、凝り固まってしまった性格がなかなか軟化させられない。

そうしているうちに、もういいかなと思ってしまったのだ。

ぽろぽろと、ぽろぽろと抜け落ちた結果、もういいやと思ってしまったのだ。

…………妹が死んだら、なにか変わるだろうか。

ふ、とそんな考えも浮かんでしまったのだけれど、父も母もひたすらに妹のことばかりを見ていた。妹が亡くなって葬式もできていない状態でそんなことを期待するのが間違いなんだろうけれど。

こんな狭い和室で、有害な煙を吸わされている時点で察してしまうというものだ。

「……ふ」

遺体と二人きりという状況からだろうか、それとも有害な煙が満ちた部屋で三角座りをしているせいだろうか。妙なことを考えてしまう。

無味乾燥を自称しておいて、なかなか人間染みたことを考えてしまった。

暗い部屋。

窓はなく、障子越しに置かれた灯りがうっすらと視界を確保している。

黒の中で白い煙が揺蕩う。

ゆらり、ゆらり。

妹を囲うように香を置いたせいで、まるで妹から白い煙が出てきているようだ。

あれを思い切り吸ったら、私も彼女のようにはきはきとなれるだろうか。甘え上手になれるだろうか。目を煌《きら》めかせて、生きることができるだろうか。

好きなことを見つけて、色んなことを楽しんで、好きなことに一生懸命になって、家族と笑って、変な疎外感と手を繋ぐこともなく……。

がらんどうのなかに何かを詰め込めれば、私は――。

「……バカらし」

嘲笑《ちょうしょう》し、溜息を落とすと同時に目蓋《まぶた》も落ちた。

うつら、うつら。

いつの間にか意識が飛んでいたようで、側頭部を打って意識を取り戻す。

しまった。うっかりしていた。

夜を無為に過ごすことは得意だというのに、なにか使命を負っているとこうも容《た》易《やす》く人は眠ってしまうものなのか。

母曰く、骸蟲はどんな隙間からも侵入して死体を貪《むさぼ》ってしまうらしい。どれぐらい寝てしまっていたのかは定かではないが、この調子では遺体が少々欠けていてもおかしくはない。その証拠にあの虫にも人体にも悪そうな煙は消え失せてしまっている。

髪をかき上げたところで、ぽとりと何かが床に落ちた。

目を凝らして見てみれば、それは小さな虫だった。

マルカメムシと同じ程、小指の先ぐらいの大きさの虫。灰色に近い白色のそれは、どちらかと言えばイナゴの類《たぐい》に似ているようで。

こんな虫、見たことがなかった。

それと同時に、ああ、骸蟲というのは本当にいたのか、とどこか他人事《ひとごと》のように頭を過《よぎ》った。

このまま放っておいてしまえば、妹の遺体はこの骸蟲に跡形もなく食われてしまうのだろう。きっとこの虫の体表は、骨を齧《かじ》った色なのだ。

追い払わなければ、母に怒られてしまう。

立ち上がろうとしたところで、ずるりと足を滑らせて、無様にべしゃりと床に伏せてしまった。

いくら眠いからといっても、こう簡単にこけるほどではないはず。

視線を下げれば、私の脚にはみっちりと骸蟲が引っ付いていた。

虫が付いていることを自覚した途端に、太ももの途中からぞわぞわと引き攣《つ》るような感覚が走り始めた。

虫が私を、足から貪り始めている。

すぐ近くには新鮮な死体があるというのに骸蟲は私を小さな口で食いちぎり、血液をひっきりなしに啜《すす》っている。口からなにか出ているのだろうか、それとも私の脳がとっくに働いていないのだろうか、痛みはない。ただぞわぞわとした感覚だけが脚を這いずり回っている。

もぞもぞと足を動かしてみても、骸蟲がみっちりと付き過ぎていて多少振ったぐらいではすべて落ちて行かない。

倒れたせいで床に着いた指先にも肉からあぶれた虫が集《たか》る。くちくちと私が無くなっていく。一晩で人一人を跡形もなく食いつくすのだ。その咀嚼《そしやく》速度は目を見張るものがある。

このままだと、私は。

そう、思ったのだけれど。

なぜか、身体を激しく動かすことも、あの身体に悪い煙に縋ることも、保冷バッグに詰められた氷をばら撒くことも、しようとは思えなかった。

虫を払って、生き延びて、それから明日は何をしよう。

そうだ、葬式だ。妹の葬式だ。忘れていた。

それで？　それが終わったら？

それが終わって——私は何をするのだろう。

三日後に何をする？

なんだろう、わからない。

もう脳にまで虫がきてしまったのだろうか。

かんがえたくても、モヤがかかって、よくわからないのだ。

頭のなかもからっぽになってしまったのだろうか。

からっぽ。

そんなの、そんなのずっと前からじゃないか。

ずっと前からわたしはがらんどうで、たのしいもなにもなくて。

びしゃりと倒れこむと、わたしの頭で骸蟲が潰れた。キィッ、と鋭く虫が泣く。

ああ、虫でさえも泣くというのに、とうのわたしは涙のひとつも出やしない。

もう昔からこうだったのだ。昔からこうだったのだからあきらめるしかない。こういうものなのだ、わたしは。わたしはずっとこうだった。

がらんどうで過ごしてきた。
ただ時間をやりすごすことだけをかんがえていた。
……ああ、わかった。
どうして骸蟲がわたしをたべているのか。
死んだ妹ではなく、生きたわたしを食べているのか。

わたしは死んでいたのか。
いきているのに、わたしはしんでいたのか。

アヤメの部屋

musashino351

覚えている限りだけれども、私はずっと病院に住んでいる。三食風呂付きで家賃は0円だ。入院していて親御さんが払っているからでしょ？　と思う人もいるだろうけど、それは違う。五体満足だし、どこか病んでいる訳でもない。でも現に住んでいて、人気者なのだ。セラピー犬と言われるファシリティドッグを連想するかもしれないけど、私は人間と同じ姿をしているのだよ。

種明かしをすると、私は妖精だ。名前はアヤメ。身長は10㎝で小人サイズの女の子。それなら小人が正解なのでは？　と思うけど、私の姿を見えない人もいるみたい。だから妖精なのだろう。ベッド横の引き出しを看護師さんの知合いにＤＩＹしてもらい、我が家として暮らしている。生い立ちから話すと長くなるので、それは次の機会として最近起きた話をしようと思う。

元号が令和に変わった翌年の3月のある日、1人の青年が私の住んでいる部屋に入院してきた。普段は白血病や意識不明で重症の人がほとんどだが、今回は様子が違った。健康そのもので人工呼吸器を付けていないのに、看護師さんや医師たちは、毎回防護服の完全防備で入ってきた。最初にその姿を見た時は、私を追い出してしまうのかと恐怖を感じたほどだ。怯《おび》えた表情を見た担当看護師の小百合《さゆり》さんが慌てて説明してくれた。

「アヤメちゃん安心して。今度入院してくる患者さんが、新型のウイルスに感染してしまって、私たちの病院で受け入れることになったのよ。最初は慣れないかもしれないけど我慢してね」

新型のウイルス、この前の節分の頃に話は聞いていたから直ぐに理解出来た。長い間の病院住まいで病気に関しては看護師さんと同じくらいの知識がある。最初は新しいインフルエンザかと思っていたけど、そうではなくコロナウイルスの新型らしい。心配なのは私にもうつるかどうかだけど。

「マスク、必要はないと思うけど、不織布を1枚あげようか？　裁縫が得意なアヤメちゃんなら大丈夫よね？」

「今までうつったことは無いから大丈夫だと思うけど、専用の服も縫いたいから、2枚は欲しいな。でも今回のウイルス、ここまでする必要はあるの？」

「あるよ！」

小百合さんがドヤ顔で言い放つ。某俳優のモノマネだろうが、マスクをしているからか迫力はいまいちだ。私の冷たい反応なんてお構いなしに話を続ける。

「ワクチンはまだ開発中だし確実な治療法が無いのよ。感染しないのが一番だから、暫《しばら》くは我慢してね。万が一うつってもちゃんと看てあげるから」

病気のために洋服やマスクをまた作るのは気が進まないのだが、うつったらこの部屋は病室として使えなくなる。タダでお世話になっているから、ここは協力する事にした。

最初にも言ったけど私は人気者だ。だからこの病室に入る人は私を見ると、テストで100点満点取ったように喜んでくれる。私はその最初の喜んだ表情を見るのは何より好きなのだけど、彼は違った。私を見るなり豆鉄砲をくらった鳩みたいに固まったのだ。しばらく動かないので、死んでしまったのか心配になり頬をつねると、ちゃんと痛がってくれたから、死んだわけではなさそうだ。

「いてーな！　なんでこんな小さい人間がいるんだよ！　お前は何者だ⁉」

「私は妖精よ、アヤメって言うの。よろしくね！」

「いきなりそんなことを言われてもなぁ……。僕は吉野悠一《ゆういち》、21歳。運悪く新型コロナにかかってしまったわけだけど。それより、なんで君みたいな人がいるんだよ！　説明しろよ！」

なんて酷い初対面だ。病院があるT市近辺では「アヤメの部屋」としてかなり有名で、大抵は喜んでくれる。知らない人もいるけど、ここまで怒ったりはしないのだが、何をイライラしているのだろう。でも彼のように固まったまま数分動かないのは、よくあることだ。その後、私からこの病室での過ごし方について手取り足取りレクチャーするのだ。何も知らない人は「私は死んだのか？」とか「ここは異世界か？」と非現実的なことをぼやいてしまう。その場合は、まだ生きていることから説明するので、更に面倒なのだ。まぁ、私自身が非現実的な存在だから、無理はないのだけれども。

タダで暮らしているとはいえ、看護師さんたちが事前に教えてあげればいいのにと思う。以前、小百合さんにその不満を言ったら、「そういうことは当事者同士で話した方がいいと思うのよ」と言いくるめられてしまった。その時は、この部屋にいるのは私と病人だけだから当たり前かと納得して、ここに住むためのルーティンとして続けているのだ。でもやっぱり今でも面倒だと感じることがよくある。今回も昼過ぎから彼をなだめる所から始まり、全ての説明が終わった時には日が沈み始めていた。全くもって疲れたが、今回も話し合いで円満解決できた。やはり拳を突き合わせても何も生まれない、何事も話し合いが重要なのだ。

そこで私が勝手に決めたのが、このアヤメの部屋六か条だ。

一、引き出しの中は覗かない
二、食事は一緒に食べる
三、おしゃべりは成り行き任せ
四、テレビは見過ぎない

五、部屋の外には連れ出さない
六、笑って退院する

この六か条は私の部屋に来る人に守ってもらう決まりだ。そんなに変な決まりは無いので簡単に順を追って説明しよう。まず、私はベッド横の引き出しの中に住んでいるので、覗いてはダメ。開けようとしても、鍵をかけるから無理だけど念のため。女子のプライバシーを見る気力があるなら、その分を病気の快復に使ってほしい。

食事は患者さんの食事を少しずつ貰っているので、一緒でないと食事抜きになってしまう。妖精だから何日かは食べなくても平気だけど、やはり食べるのは気持ちがいいので、毎日食べることにしている。因《ちな》みに患者さんがいない時は、看護師さんが昼休みなどに来て、お裾分けをしてくれている。

おしゃべりは、いつもしていたら疲れるから。私はそんなに話好きではない。患者さんが話さなければ、とりあえずそっとしておく。ソーシャルディスタンスを保つというやつだ。

私の部屋は主に重症患者さん向けなので、テレビを無料で見ることが出来る。人気の刑事ドラマシリーズや、天気予報以外はあまり見ないので、この二つ以外のチャンネル権は放棄している。でも夜は寝たいので深夜番組は遠慮してもらっている。第一、健康に良くない。

不思議に思うかもしれないが、私はこの部屋から出たことがない。一歩先に透明の壁があるみたいでどうしても踏み出せない。何回試しても出来ないのと、この部屋にいた方が自分を守れるので引き籠りに徹している。そもそも小人サイズだから一部屋分の大きさで十分なのだ。

笑って退院するのは、看護師さんが願っていることだから、私も応援しているよという意味での約束。そうでない時もあるけど、その時は微笑んでいるようにしてあげる。私は泣いちゃうけど、約束だから。

彼は深夜番組を毎日見ているらしかったが、寝たい私との1時間にも及ぶ打打《ちょうちょう》発止《はっし》の末、月曜深夜の1本だけにすることで合意した。なんでも下らないインタヴユーを紹介したり検証したりする番組らしい。まぁ週に1回程度ならば良かろうと考え、折れることにした。

それからは何事もなく過ぎていった。感染はしているが、どこも弱っていないので、私たちは程よくテレビを見て、程よくおしゃべりをして親睦を深めていった。小百合さん曰く、初日に喧嘩のように言い合っていたのが嘘のようとのこと。そんなに酷い言葉を言っていたかなと申し訳ない気持ちになったが、次から気を付けることにしよう。完全防備の看護師さんや医師たちの姿も最初は気味が悪かったが、次第に慣れていった。逆に彼が退院したら、感染症拡大防止で2週間は誰も来ないのかもしれないと思うと寂しい気持ちにもなった。

そして月曜日の夜、彼は今までで一番ウキウキしていた。深夜番組を見る日だからだ。興味が無い私は早々に引き出しの中で身支度をして、始まる前に寝てしまえ作戦で抵抗するはずだったが、あれだけ議論してまで見たい番組がどんなものか興味があったので、音だけを少し聞くことにした。番組が始まると5分も経たずに笑いだしたので、何事かと引き出しから出てみたら、彼がテレビを見ながら個室なのをいいことに一人で大爆笑していたのだ。それを見て呆れてしまったが、番組も馬鹿馬鹿しい内容だったが、それにつられて私も笑ってしまったではないか。そこからは二人して笑ってばかりいたので、見回りをしていた看護師さんが注意しに部屋に入って来てしまう始末だった。でも深夜番組にも良いのがあるのだなと新しい発見が出来た。やはり彼が私の部屋に来たのは必然で運が悪かったせいではないのだ。テレビ番組で判断するのは滑稽《こっけい》だが、そうなのだ。悪いように考えると全て悪くなる。だから良い方向に考えよう。それは私が病院で生活していく上で身に付けた生きる術《すべ》だからだ。

さらに1週間が経ち、そろそろ退院かなと思っていたが、事件が起きた。朝食が終わって暫くして、彼の呼吸がにわかに重くなり始める。初めは気にならなかったが、やがて息が荒くなり、まともに話せなくなってしまった。苦しくて息をする以外は無理らしく、緊急にナースコールで看護師さんを呼んだ。病室にあるのは押しにくいので、引き出しの中に作ってもらったタッチパネル式のナースコールを使う。赤の緊急とそれ以外の青のパネルがあるが今は赤だ。電話で話せれば早いけど、小さい体では操作しづらく、これが一番早く伝えられる。

私は、彼の耳元で叫ぶ。

「ナースコールしたから大丈夫！　あなたは助かる！」

彼は、苦しいなかで息も絶え絶えに話す。

「看護師……でもないのに……何で……そんなこと……言えるのかよ……」

「私がいるからよっ！」

彼の表情がハッとする。言葉を返そうとする彼を制して言う。

「今はいいから！　しっかりと呼吸をして！」


赤の緊急で呼んだから、直ぐに医師たちが来た。肺炎が悪化した可能性があり、人工呼吸器を付ける必要があるという。体外式膜型人工肺（ＥＣＭＯ）を使えればよいけど、人が足りないので無理だという。こんな時に何も出来ない私は、無力だと痛感させられる。一通りの処置を終えて、小百合さんが話しかけて来た。どうやら、一命は取り留めたらしい。

「急に悪化する可能性があるのは知っていたけど、まさか若い彼がなるなんてね。とりあえず1時間おきに看に来るからよろしくね。何かあったら教えて頂戴」

「分かったわ。でもあれだけ元気だったのになんで？　深夜番組見たから？」

「そんな訳無いでしょ！　逆に何も出来なくて元気を無くすのが一番ダメなのよ。だからかえって良かったのかもよ？　一緒にいてくれてありがとうね」

まるで遅くまで起きているのが良いみたいな答えだが、彼の楽しみを全部奪わなかったのが良かったのだろう、そう理解した。少し嬉しかった私は、眠っている彼の代わりに、月曜の深夜番組を笑うのを堪《こら》えながら見たのだった。

そこから3日間は、私からすると退屈な日々だった。彼に意識はあるが、話す余裕はまだないので会話も無い。窓辺で小百合さんから借りた文庫本を読むか、好きなテレビを見るか、引き出しの中で私専用のマスクや服を作るかぐらいだ。食事は彼が点滴なので、私のはご飯と総菜が少々。ちょっと不満だったので文句を言ったら、そしたらカロリーメイトのような栄養調整食品ぐらいしか無いと言われ、渋々了解した。パサパサして食べにくいものよりも、しっかりとしたのを食べたいからだ。そうしてひたすら耐えて我慢の4日目、ようやく、普通に話せるようになるなど回復の兆しが出てきた。そして更に3日後、ついに人工呼吸器を外せるまでになった。ここで彼から感動の感謝の言葉がくるかと思ったがそうではなかった。

「アヤメ！　月曜の深夜番組、なんで起こしてくれなかったんだよ‼」

こんな時でも忘れないなんて、どんな思考回路をしているのかと疑う。今の若者はみんなこうなのだろうか？

「人工呼吸器外れて一言目がそれだなんて、どれだけ好きなのよ」

「一緒に見たアヤメなら分かるだろ？」

「確かに面白いけどね。とりあえず私が代わりに見たからそれを話すのでもいいかしら？」

「む。よろしい」

30分ほどかけて話すとすっかりご機嫌になっていた。それだけ彼にとっては大事な番組なのだろう。私はまだ推理小説やファンタジー系のドラマやアニメの方が好きなのだが。

その日の夕方、ふと彼が呟いた。

「アヤメは、なぜここを出ていかない？」

これはよく聞かれる質問だ。ワンルームマンションよりは広いけど、病院の一部屋から出ずに生活するなんて、ニートも驚く引き籠りっぷりだ。でもこれには理由がある。

「小さいこの体で、世の中を人間と対等に渡り合えると思う？　好奇心で捕まえられて研究所行きでしょ。ここは病院の個室で、ある程度重症でないと来れないから、大っぴらに暮らせるのよ。それに私の正体を暴こうとしても、病院がガードしてくれるしね」

「なんだ、てっきりセラピー犬のような役割でもしているのかと思ったよ」

「私は犬ではなくて妖精よ。というより本当は幽霊なのかもね」

彼の表情が一気に冷めていく。洗いざらい話してしまうと、明日から怖がられると思うから止《や》めておこう。

「あまり知らない方がいいかもよ。こんな話を聞いてしまったら、笑って退院出来ないよ？」

沈黙が続くけど話を続ける。

「でも、本当に出たいとは思わないのよ。私はここにいるだけで、小百合さんも来てくれるし、色々な患者さんとも会える。この体で世間に勝負を挑むより、私の部屋にみんなが来てくれる、そんな世界が好きなのよ。幸いにもこの小人サイズならば、いつまでも注目の的だしね」

ようやく彼が重い口を開く。

「でも、病院である必要はないんじゃないの？」

「あるよ。この体になるまでに何も考えずに過ごしてきたから、いままでの罪滅ぼしがしたいのよ。大丈夫、私は今の生活に満足しているから。面白い深夜番組も見つけたしね」

「そうか。ならば退院したら、みんなにアヤメのことを言いふらしても良いよな？」

「私はいいけど、みんなに見えているわけではないから、話しても無駄だと思うよ。第一、ここに来るまでのハードルが高すぎよ。もうここに来たらダメよ」

「そうだな、それを考えると話したくても話せないな。でも……また会いたいな」

1週間後、彼は無事に退院した。勿論《もちろん》、満面の笑みで。

そして、それから10年経ったある日、新任のお医者さんが私たちの職場に加わった。

彼の名は、吉野悠一。どうしても会いたい人がいるらしい。私はアヤメの部屋で待つ。

青漆喰の空

ジャーマン☆ドッグ

一

僕は都市部で生まれ育ったが、家の窓から見える風景に特別な印象は持っていなかった。外を眺めるとき、それは天候の確認くらい。

風景とはそんなものだと思っていたし、だからといって、たとえば田舎の緑に覆いつくされた場所を知らないわけでもない。いろんな方法で、いくらでも見ることができるのだから、そういう世界があることはもちろん知っている。きれいな空気、澄んだ水、たくさんのめずらしい動植物。

そんなイメージ。でもちょっと違ったんだ。

小学校に入学して間もなく、引っ越すのだと親に言われた。

本当にいきなりだったしすごくよくおぼえている。会社を辞めて別のところで新しい仕事をやるんだよと、父さんは教えてくれた。それならいつ引っ越すのかと聞いたら、今度の夏休み中だという。

僕は子どもではあるけれど、それがどういうことかだいたいわかる気がする。きっと危ない橋を渡っているんだと思う。なのに母さんはなぜか妙に理解があって父さんを応援している。こんなときよくドラマとかではケンカになるのに、僕の母さんは応援する。当時中学生のお姉ちゃんは事の重大さをさらによく理解していたようで、一週間ほど本気で心配し、毎日泣いていた。それが原因で母さんと言い争って家を飛び出したこともあった。最後は本人が隣町から電話をかけてきたので一件落着したものの、よくあんな遠いところまでと、みんな驚いた。

一学期最後の日、なんとなく仲良くなりかけたクラスメイトたちに別れの挨拶をした。なんとなく、というのはせっかく仲良しになった友達とすぐに離ればなれになってしまうのはやっぱりつらいから、あえて距離をとっていたように思う。本能的にそういう感覚があった。お姉ちゃんはそのときも一週間落ち込んで、そして泣いた。

新しい引っ越し先はかなり田舎で、以前住んでいた街とはずいぶんと違っていた。住むところもマンションだったのが、ひなびた佇まいをした和風二階建ての一軒家になった。想像していたよりも古くて、けっこう大きい。その二階の東側の部屋がお姉ちゃん、西側が僕のものになった。これまでもお姉ちゃんの部屋はあったけど、僕にはなかった。だから急に大人になった気分がしたし、とにかく広かった。南側にもう一部屋あってそこは一応母さんの部屋だけど、ほとんど下にいるのでいまは物置だ。全部の部屋が畳になって、あちこちボロボロで、それになんだか昼間でも薄暗い。お姉ちゃんはしょっちゅう、

「きもちわるい」

と言って嫌がっていた。ところが僕は嫌じゃなかった。夜になると窓の明かりに誘われたのか、大きなクワガタムシやカミキリムシが網戸に飛んできたりして最高に楽しいところだと思っていた。

父さんは家で仕事をするようになって、いつも一階の仕事部屋でパソコンを使ってなにかしている。でも打ち合わせがどうのこうので、よく都会のほうに行っていた。結局都会と田舎の往復をすることが多くなったが、ご飯のときとかたまに冗談を言ったりするようになった。とりたてていまのほうが楽しいわけではないと思う。ただ話し方とか歩き方が、以前よりゆっくりになった気がする。

この部屋で、そんなことを思い出していた。

引っ越してきて、ちょうど三年が経過した。

僕は小学校四年生になった。お姉ちゃんは今年から高校生で、遠いところまで通っている。こっちの中学校では陸上部に所属し、短距離で県大会ベスト8にまでなってしまった。だから少々遠くても、高校は陸上の強豪校を選んだ。運動が好きなイメージがなかったからすごく意外だったけれど、とにかくお姉ちゃんは走るのがメチャクチャ速かった。色白だったお姉ちゃんは、いまでは真っ黒に日焼けしている。

ひとつ、問題があるとすれば、一週間前から学校は夏休みに入ったのだが、僕はこの部屋から出ることができない。
たぶん夏休みを目前に浮かれていたのだろう。下校途中に友達と川遊びをしているとき、ぬるぬるした岩ですっころんで、右足首の骨に小さなヒビが入ってしまったのだ。治るまで一か月以上だと言われた。ケガの痛さなんかより、夏休みが潰れてしまったことのほうがショックだった。診療所に通って超音波を当ててもらう。それでほぼ夏休みが消える。このときばかりは僕が一週間、泣きたい気分だった。

実際ちょっと泣いた。

いまは自分の部屋にある肘掛窓《ひじかけまど》から外を眺めることしかできない。この肘掛窓という名前は、物知りのお姉ちゃんが最近教えてくれた。どうやら僕の部屋がうらやましいらしく、

「私の部屋は普通の腰高窓なのに」

と言っていた。肘だの腰だのよくわからないが、とにかく僕の部屋のは肘掛窓というらしい。

越してきて最初に衝撃を受けたのは、この窓から見える風景だ。見渡す限り水田で、地平線の彼方《かなた》まで果てしなく広がっていた。なにより家の二階の高さからでも地平線が見えること自体がすごかった。遮るものはなにもない。こういう世界があるのかと驚き、その美しさに目を見張った。知っているつもりだった田舎の風景は、まったく想像を超えた世界だった。

秋の紅葉が山の上から徐々に下りてくること。冬には雪景色となり何日も解けない。それがなんだかとんでもないことに思えた。春になると休耕田にはレンゲが咲いて、その隙間に小さなカラスノエンドウという赤紫色の花も咲いた。その上空ではヒバリがチロチロとさえずりながらホバリングする。五月初めに田植えの準備が

始まると、日没から無数のカエルたちがにわかに騒ぎ出し、夜な夜な鳴き通すことも知らなかった。どこからやってきたのかドジョウやメダカがぬるんだ水田を泳いだ。そして夏。深緑色の木々と、蛍光色の緑をした稲とのコントラストは、僕が一年でいちばん好きな風景だ。

足のケガのせいで外で遊べないことはもどかしい。それでも生命力に満ち溢れた豊かな夏の色彩は、たしかに慰めにはなったし、はやく治してやろうという気持ちも湧いてくる。

今日は酷暑になると朝のニュースで言っていた。

この季節、夜以外は障子や窓、網戸もみんな開けっ放し。この家に来てからはずっとそうだ。目の前は水田しかない、だれかに室内をのぞかれる心配もない。

入道雲がくっきりと輪郭を浮き立たせ、白く輝き天を突く。手を伸ばせばさわれそう。セミですらこの灼熱の時間帯を静かにやり過ごそうとしているのだろうか、あんまり鳴いていない。

僕はだれにも言っていないことがある。

じつはこっちに越してきてからのことなんだけど。

きまって夏の暑い午後に現れた。

青々とした水田を疾走していく。

そしてそのまま神社の方向へ、鎮守の森かあるいは周辺の竹やぶに突っ込んでいく。

音を出さない。走った跡も残さない。

そんな不思議ないきものを、ごくたまに見た。

とても長い二本の脚で走る。

フサフサした体毛を身にまとい、背丈二メートルはありそうな大きな姿は、いうなればダチョウに近いかもしれない。

しかし鳥とはまったく違ういきものだ。そういう次元のものじゃない。

それがなんなのかおよそ見当もつかないけれど、それがほかの人には見えていないのだろうということはわかっていた。

こんな日はひさしぶりに姿を現すかもしれない。

暑い暑い、午後だから。

僕は外を眺め続けた。

二

今日も暑くなりそうだ。

足首のテーピングや包帯が蒸れてかゆい。たとえケガをしたからって、夏休みの宿題が免除されるわけではない。なんだかやっぱり損をした気分になる。

午前中はその宿題をしなさいと言われているから、一応机に向かっているけれど、ときどきすぐ横にある肘掛窓の外を眺めては、あの不思議ないきものは現れるだろうか、と考えながらなんとかやり過ごしている。きのうはあのまま日が暮れるまで粘ってみたものの、姿を現さなかった。そう簡単には出会えないのだ。お姉ちゃんは今朝も早くから部活に出かけていった。だけどきのう夕飯のとき、最近あまりいいタイムが出ない、とすこし元気がなかった。くわしいことはわからないけれど、たいへんなんだなと思う。

この土地で初めて迎えた、三年前の夏休み。僕はほとんどひとりで過ごすことになった。まだ友達もいなかったからだ。けれど周囲は自然の宝庫、一人遊びに苦労することはなかった。とりわけ熱中したのが虫取りと、川や水路で魚を捕まえたりすることで、間もなく玄関や庭先はそれらを飼育するプラスチックのケースや水槽で埋め尽くされた。この状況に家族はほとほと呆れていたようだった。水槽から逃げ出したカメが土間を徘徊《はいかい》し、母さんが洗濯物を干しに出た際、あやうく踏んづけそうになって大騒ぎしたこともある。それでも僕は家族の反応などどこ吹く風と、毎日毎日、天気さえよければ虫取りや魚とりに出かけたのだ。

そうしたある日のこと。

暑さがピークに達した午後二時ごろだったと思う。水田を一直線に貫く長い農道を僕だけが歩いていた。それ以外の生命は人間をふくめこの時間帯はひとまず小休止だ。

いやに静かで、稲の花の残り香が鼻をつく。すこし先に逃げ水が見える。高温でねっとりとした空気に圧倒されると、行き場を失った熱は体内へしみ込んでいき、逆に皮膚からは汗が吹き出し、滴り落ちると古くて風化のひどいアスファルトに消えていった。

これは、いわゆる気配だったのか。

とにかく急に異様な雰囲気を感じたので前方を見ると、なにか大型のいきものが数十メートル先をものすごい速さで横切っていった。二本足だったと思う。それはまさに電光石火、一瞬のことであった。左方向から現れて、右手にある神社の方向へと音も立てずに駆け抜けていった。僕の心臓はバクバクと高鳴り、ドラムロールのようにある種のリズムを刻み、効果音となって映画のワンシーンのように記憶に焼き付いた。謎のいきものは僕が立っていた農道を横断したはずだ。なのにそのあたりまで歩いていっても、足跡がない。水田の稲も倒れたり曲がったりもしていない。とても大きい図体《ずうたい》なのに、なにひとつ、痕跡を残してはいなかった。

以来、この不思議ないきものとの再会を望んだが、やみくもに探して出会えるような相手ではなかった。ひと夏に一回か二回、それも特別に暑い日の午後にしか遭遇できなかった。いままでのをすべて合計してもたぶん三回くらいしか見ていない。しかもあきらめてしまったころに突然現れる。だからこそ惹きつけられる。ちなみに今年はまだ見ていない。あれはそういう不思議なヤツなんだ。

僕はそんな当時の記憶をたどりながら、やりかけの宿題に戻った。

それからの二日間は、この時期にはめずらしく雨が降った。一日中どんよりとした空は重く、古い日本家屋特有の薄暗さをより際立たせ、出歩けないのと色を失った代り映えのしない風景とにうんざりしていた。毎年育てている庭のひまわりのつぼみも、水田の稲も、みな濡れそぼっている。

足のケガの包帯を全部新しいものにとりかえた。さっぱりして気持ちいい。そしてきまってこんなとき、お姉ちゃんが真っ白な包帯やテーピングに油性ペンで変な顔を描いたりして僕を笑わしてくる。絵が得意なのだ。ケガをして落ち込んでいたときに、そうやって励ましてくれたのが始まりで、ずっと続けてくれている。

翌日になると、見事に晴れ上がった。

いつもの夏空が返ってきた。ひまわりが大輪の花を咲かせ、庭を活気づける。

今日は予感がする。かならず現れるはずだ。あの不思議ないきものが。

僕はこの部屋で身をひそめ、ヤツが姿を現すのをじっと待ち続ける。

午後二時。

定期的に強い眠気が襲ってくる。汗がこめかみをつたってあご先に到達し、やがて雫《しずく》は着ていたTシャツにぽたりと落ちると、間もなく吸い込まれていった。だけどもうすでに背中は汗でぐっしょりだったし、どうでもよかった。

盛んに鳴いていたセミたちの声が消えた。

急に静寂に包まれたことで、逆に目が冴えてくる。

椅子からずり落ちていた体勢を起こして、背中にべっとりと張りついたTシャツを手ではがし、つまんで数回風を入れて腰をかけなおすと、窓枠に包帯を巻いた右足をのせて、眼前に広がる水田を注意深く観察した。

早くも夕立を予期させる入道雲がむくむくと湧き立ち、ジリジリと容赦のない日差しを浴びた稲たちが煌《きら》めく。

ひゅう、と一陣の風が。

それは部屋の中まで入ってきて、ぱらりと宿題のプリント用紙を吹きとばした。

僕は足元に落ちた用紙を拾うとまた机の上に置いた。

目を離したのはそれだけだった。そのわずかな隙をついて、疾走していく何者かの気配を感じた。

「しまった！」

僕は声を上げて、椅子から転げ落ちそうになりながら窓の外を見た。

かなりのスピードで走る者がいる。神社方向へと一心不乱に駆け抜ける。期待と緊張が襲ってくる。

よく目を凝らして確認した。

でもそれは、お姉ちゃんだった。

「なんだ……」

以前から部活が休みだったり午前中で終わった日は、たまに家の近くでも走り込むことがあった。広くて状態のよい道が今年新しくできて、神社へと続いている。

デコボコしていないから、お姉ちゃんはこの道を使うようになった。

「びっくりした、でもまたはじめたんだ……」

走っていたのが不思議ないきものではなかったことに僕は安堵《あんど》し、でもちょっとがっかりしたような複雑な気分だった。

お姉ちゃんは元いた地点に戻って、フォームを確かめるようにまた走った。それを何回も何回もくりかえした。たまに首をかしげたり、腰に手をあてて肩で息をしたりしている。それでも納得がいかないのかまた走った。最後はもうやけくそになって走っているように見えた。この前、最近あまりいいタイムが出ないと言っていたことが気になった。

さっきまでずっとスタンディングスタートをしていたお姉ちゃんは、しばらくゴール付近を睨《にら》み、やがて足場を確認してから丁寧にクラウチングスタートの姿勢をとって、そして一気にダッシュした。

ネコ科の動物が狙いすました獲物めがけて跳躍するみたいなしなやかさ。調子がいまいちだと言っていたけれど、僕にはまったくそんなふうには思えない。数歩目にはぐんぐんとスピードに乗り、やや西に傾き始めた遅い午後の陽光を浴びて、複雑で絶え間なく変化する自分の影を地面に落としながらお姉ちゃんは走る。かつての泣き虫お姉ちゃんの面影はもうない。

ゆらり。

いま、不意に左奥方向にある灌木《かんぼく》がすこし揺れたような気がした。

それから周辺に土埃のようなものがパッと散ったと同時に、なにかがぬっと現れた。

「ヤツだっ！」

僕は直感した。あの不思議ないきものだと。

いきなり出てきた、きっとこのまま神社の方向へ行く気だ！

だがそれは、お姉ちゃんとおなじルートだということ。

と、気づいたときにはフサフサした体毛をなびかせてお姉ちゃんのほんの一、二メートル横を追い抜き、神社近くの竹やぶに消えた。

本当にすさまじいスピード。しかも実に呆気ない。速すぎるのだ。

そして鎮守の森や、いまのように竹やぶに潜り込んでしまったらそれでおしまい。そのあとどこへ行ってしまうのか、さっぱり見当もつかない。

神出鬼没。不思議なことに、どうしてもその姿かたちを細部にいたるまで正確に把握できない。だから不思議ないきものなのだ。

自分が走ったわけでもないのに、八十メートルを全力疾走したときのように鼓動は激しく息はあがっていた。なのに僕は、窓の外を眺めることしかできない現実に、やりきれない感情が爆発しそうだった。

たしかに粘ったかいはあった。初めて、見ようとして見ることができたのだから。

でも、お姉ちゃんにはやっぱり見えていないらしかった。

すでにゴールし、両膝に前かがみに手をついて荒い呼吸をしているだけだ。


さらに一週間が経過し、僕が一年でいちばん好きな風景になった。いまは夏のど真ん中だ。

あれから不思議ないきものは姿を現さない。この前は首尾よく見ることができたが、なんて気まぐれなヤツなんだ。それともただ見逃しているだけなのか。

不思議ないきものは現れないが、今日もお姉ちゃんの駆ける足音が聞こえる。普段からキツい練習をしていたし、きっと熾烈《しれつ》な闘いがあるのかなと想像してはみるものの、まだもっと頑張らなくちゃいけないのか、と思ってしまう。だけどお姉ちゃんには勝ってほしいから応援している。

そのとき、ふっと僕は思ったんだ。

自分でもおかしなことを考えついたなとは思ったけど。

もし、あの不思議ないきものに勝てたなら、と。

いや、勝てなくてもせめて追いつけたら、お姉ちゃんはきっとすごい大会で優勝とかできるんじゃないか。

お姉ちゃんにも見えたらいいのに。あいつはメチャクチャ速いんだ。

まだまだ昼間は暑いけれど、それでもゆっくりと確実に季節は巡る。

またもう一週間が過ぎ、ひまわりはそろそろ花を終える準備に入った。

空はいっそう青く、濃く感じる。

お姉ちゃんはこんなとき、

「こっちの空は青漆喰《あおしっくい》のようだ」

と言っていた。青漆喰がどういったものか謎なんだけれど、ときたま僕の知らない難しいことを言う。

今日もお姉ちゃんは走る。

そこまでして自分を追い込む姿に、日ましに鬼気迫るものを感じて心配になってしまうこともあった。とはいえ本人はどう思っているのか別として、ここ最近確実に変化の兆しが、というか、力強さが加わってきたように見える。

ちなみに僕の足のケガは順調に回復してきているみたいで、通っている診療所の先生は、来週あたりからすこしずつ様子をみてリハビリをしていこうと言っていた。ときたまうっかりケガした右足を床についてしまっても、あまり痛みもないし、それよりも季節柄蒸れてかゆくてたまらないことのほうが問題だ。

しかし僕は、部屋の中でひとり焦っていた。

正直、ケガのことよりもあることが気になってしかたがない。

もちろん、あの不思議ないきもののことだ。

かれこれもう二週間、なんの進展も、まして予兆すらない。夏休みに入ってからすでに三週間以上が経ち、八月も後半に差しかかっている。このまま見られない日が続けば夏の盛りは過ぎ去り、不思議ないきものはもう出てこない。ほんの限られた期間、盛夏の時期にだけ水田を疾駆するのだ。

お姉ちゃんはいつものようにおなじ道を走っているが、僕もいつものようにおなじ時間、おなじ体勢でケガした足を窓枠にのせて、かごの鳥みたいな、いや僕の場合、虫かごの虫や水槽の魚といったほうが似合っているかもしれないけれど、そんな気分でなだらかな風景を眺めている。治ってくるにつれ、ずいぶんと包帯は簡素になった。それでもお姉ちゃんは油性ペンでいろいろと描いてくれる。今回はニコニコ笑っているような顔のマークだ。そうやっていつも元気づけてくれているけれど、僕は知っている。やっぱりいまの走り方にはまだ納得がいかないみたいで、ときどき道の傍らでしゃがみ込んでは、頭を抱えている姿を見ることがある。悔しそうに首を左右に振っていることがある。こめかみのあたりを念入りにぬぐっていたのは、はたしてそれは汗だったのか。

十分、速いのに、それでも。

そういうとき僕は、あの不思議ないきものが現れて、この前みたいにお姉ちゃんと一緒に走ったらなにかが起こるのではないか、という荒唐無稽《こうとうむけい》な想像をくりかえした。僕はいつの間にか、自分がただ不思議ないきものを見たいということよりも、そんな期待のほうに気持ちが変化していたのかもしれない。

水田をたくさんのトンボがチラチラと瞬きながら飛翔する。

お姉ちゃんはまたスタートした。

だがうまくいかなかったのかすぐに走るのをやめてしまった。とくに最近はこのような場面をよく目にした。それは見ている自分までやりきれない思いがして、胸のあたりが苦しくて、そしてチクリと痛むんだ。お姉ちゃんはそのまま惰性で進み、いろんな感情をぶつけるように、ああっ、と空を仰いだ。

僕もつられて上を見る。

すぐそこにある。

今日、頭上に広がっているのは、お姉ちゃんが言っていた青漆喰の空だ。
届きそうで届かない、いじわるな空だ。
夏休みの最終日がきても、僕はまだ自由に出歩けないだろう。
だから、この部屋から外を眺めることしかできないだろう。
そんなこと、それでかまわない。
頼む、姿を見せてくれ。
夏が終わってしまう。
お願いだ、これが最後でいいからお姉ちゃんと勝負してくれ。
この前よりぜったいに速くなってるはずだから。
お前もきっと驚くに違いないぞ。
僕は心の中でそう言った。言ったというより、これはもう心の叫びだ。
お姉ちゃんのひっつめ髪がほどけている。
この夏休みでだいぶ肩にかかるようになった。そしていつもそうしているように、ヘアゴムを口にくわえ、両手で髪をひとつに束ねて結わえなおす。手のひらでパッパッと頬を叩いて気合を入れたら、もう一度スタート位置に戻り、ひときわ時間をかけてクラウチングスタートの姿勢をとった。

それから長いことジッと下を見ている。

午後の太陽に焼かれた地面は熱いはず。

でもそれが、ヤツも呼び寄せる。

静かすぎて耳がキーンとなる。セミが鳴いていないからだ。風も吹いていなかった。外は熱気で揺らめいている。

お姉ちゃんは弾けるようにスタートした。人の気配に敏感なチョウが、パッと小さな羽音を立てて飛んでいくよう。僕はただいつもここから眺めているだけだったけれど、いまのは完璧なスタートだったと思う。そのまま炎天下を加速する。


速い。そして軽やかだ。


そのとき、事は起こっていた。

すでにもうそうなっていたんだ。その瞬間はいつだって曖昧で、大抵見逃す。だけど、長かった沈黙は破られたのだ。事が起こっていればそれでいいじゃないか。

いるぞ、いるぞすぐ後ろだ！

ヤツがお姉ちゃんのすぐ後ろについているぞ！　なんてことだ、一緒に走っているぞ。まさしくそれは最高のタイミングだった。思いが届いた、願いが通じた。僕の心臓は破裂せんばかりに打つ。まるでドラムロール。みるみるお姉ちゃんとの距離を詰めていく。やはり不思議ないきものはとんでもない脚力の持ち主だ。すぐ脇を容赦なく追い越していく。相変わらず見せつけてくれるじゃないか、もうたがいの息づかいが聞こえるのではないかと思うほどの至近距離なのに。

お姉ちゃんにはやっぱり見えないのか。見ることができないのか。

いや、もう見えなくていい。

せめてその肌で、第六感で、かすかな兆候を感じてほしい。

すこし前にいるんだ。

手を伸ばせばさわれそう。

むせるような青々とした水田を疾走していく。

そしてそのまま神社の方向へ、鎮守の森かあるいは周辺の竹やぶに突っ込んでいく。

音を出さない。走った跡も残さない。

そんな神様みたいな不思議ないきものが、いまお姉ちゃんの目の前を走っているんだ。

僕は全身に力が入っていた。もちろんケガをした右足もだ。鈍いかすかなうずきを覚えた。

この前と違うことがひとつある。僕も望んでいたけれど、だれよりいちばんそれを目指していたのはきっと僕じゃない。

ヤツの後ろにぴったりくっついて離れない。

今日のお姉ちゃんは離されない。

そのままヤツに食らいついている。それどころかほんの数ミリ、数センチに満たないかもしれないが、じわじわと確実にその距離を詰めている。前回はあっという間に置き去りにされた。しかし今日は違うのだ。僕はその事実に心が震える。不思議ないきものよ、気がついているか？　わかっているんだろう、後ろでお姉ちゃんがお前をとらえていることを。きっとこの瞬間、この勝負に胸躍らせているんじゃないのか、お前だって。

これから起こることはまるで白昼夢。

だけど僕は見た。

不思議ないきものとお姉ちゃんとの間隔は約一メートル。もちろん不思議ないきものも、そうたやすく追いつかれたりはしない。ヤツは走ることのエキスパート、別世界に生きる謎めいた気高き走者。お姉ちゃんが近づくと、またすぐに離しにかかる。

やはりだめなのか、ヤツにはかなわないのか。

そんなことない。追いつけるはずだ。あんなに練習してたんだ。

僕の思考は交錯し、激しく渦巻く。すでにいつも走り込んでいる距離の半分以上が過ぎ、黒々とした鎮守の森が近づいてきている。周辺の竹やぶもだ。

ここで仕掛けた。

お姉ちゃんが加速する。

距離は縮まり、もうすぐそこ。

僕はとうとう椅子から立ちあがって、肘掛窓の柵に両手をついて上半身を可能な限り外に突き出した。すこしでも近くで見たかった。お姉ちゃんはさらに距離を詰める。

届きそう。

陽光煌めく水田が舞台。だがそれもすぐに意識から消えていく。残るのは疾走するふたつの影だけだ。

不思議ないきものとお姉ちゃんとのあいだには、遮るものはなにもない。

空気も、空間も。

邪魔するものもなにもない。

駆ける足音はやがて熱気のなかにとけて消える。

お姉ちゃんは追いついた。

まもなく姿が重なると、上陸した台風が急速にその勢いをなくし形を崩してしまうように、不思議ないきものは霧散してしまった。鎮守の森や竹やぶに潜り込む前に。


これはまるで白昼夢。

しかしけっして夢じゃない。

遠く視線の先に、肩で激しく呼吸をするお姉ちゃんだけが立っていた。

気づいてないんだろう。だってヤツのこと見えないから。

僕は思う。お姉ちゃんはもしかしたら不思議ないきもののように走りたかったんじゃないのかと。そしてまさか本当に追いついてしまうとは。

見えないけれど、見えていないはずだけど。

突然、昨日までよりほんのちょっぴり爽やかな風が吹いた。その乾いた風に乗って、どこからともなくツクツクボウシの声が空を渡っていく。いよいよ夏も終わる。

お姉ちゃんと不思議ないきものが繰り広げた息詰まる攻防。

一部始終、この部屋の窓から僕は見た。

三

その後の快進撃は文字通り無敵といっていい。

調子を取り戻し、ノリに乗ったお姉ちゃんは幾度も大会で好成績を収め、また優勝することもあった。飾る場所に困るほど賞状やトロフィーが増えていく。その強さはまさにあの不思議ないきものを彷彿《ほうふつ》とさせ、ときどき僕は、お姉ちゃんがじつは人間ではなくなったのかもしれないと思う。おそらく不思議ないきものと姿が重なったあのときから、そうなってしまったのではないかとひそかに疑っている。そうやって化け物を見ているかのような僕の視線に気づくと、

「なにを見てんの？」

といぶかしげに目を細める。僕はぜったいに理由を明かせない。

季節はまた巡る。

ケガをしたあの夏から三年が経った。

お姉ちゃんは春から大学に通い建築を学んでいる。なんでも日本建築に目覚めていたらしいのだ。てっきり陸上の方面に進むものとばかり思っていたから、というかその陸上を始めたときもそうだったが、建築学科とは想定外で驚いた。でもお姉ちゃんらしいかも。いつも飄々《ひょうひょう》と生きているように見えるけれど、みんな意外な一面があって、なにかを理由に、あるとき突然動き出す。往々にしてとらえどころがない。みんな不思議ないきものなのか。

じつは思い当たるフシがある。

窓に詳しかったんだ。そして、青漆喰《あおしっくい》なるものがどうやら部屋の壁に塗られるものであるということも知った。それはこの地で見る空とおなじ色。たしかに言っていた通りだ。そういえば絵もけっこう得意だったから建物のデザインとかやるんだろうか。お姉ちゃんは将来、なにをするのか決めたのだろうか。

家の二階部分はもう僕ひとりだけになった。お姉ちゃんが一人暮らしを始めたからだ。つまりどの部屋も使い放題ということだが、いつもの肘掛窓から望む風景が、いまも変わることなくいちばんのお気に入りだ。

できることならこの風景はずっと残っていてほしいと願う。


だけどちょっと残念なことがある。

あの三年前の夏以来、不思議ないきものを見ていない。理由は定かではないが、ぱったりと現れなくなってしまった。お姉ちゃんと走ったことが原因なのか、それとも僕が成長してもう小さな子どもではないから見えなくなったのかわからない。きっとだれにもわからない。


僕は今年、中学生になった。まだ将来のことは決めていない。

最近になって父さんの仕事のことがすこしわかってきた。どうやら文章を書いているらしい。

小説を書いたりしているのかは知らないけれど、小学生のころに遭遇したあの不思議な出来事を話してみたら、

「それはいつかお前が書いたらいい」

そう、父さんは言った。

いまでも時折、僕はこの部屋で身をひそめ、ヤツが姿を現すのをじっと待ち続けている。

青漆喰の空のもとで。

見えない棘

北野 椿

目覚しをつけなくなったのは、まだ寝ていてほしい人が隣にいるようになってからだ。

気を失うように眠りに落ちても、何らかの刺激で――それは大抵、娘の立てる物音なのだけれど――私の瞼は反射的に開いて、まだ眼球を動かすことすら指示できない脳に色のある世界を切り渡す。

――私を見て、小さいものが、にっこりと笑っている。

――子供だ。子供が、笑っている。私の身体が強張らないのは、この子が、後ろの風景が、見慣れたものだからだ。

――私達の部屋で、私の娘が笑っている。

瞬きを数回するうちに、思考はエアロバイクのペダルのように徐々に順当に動かせるようになっていく。

今日も娘の方が早く起きたのか。一人の時間は、また取られなかったのか。途端に起き上がるのが億劫になる私の心境にはまるで気づかずに、娘は私の顔をペチペチと、加減の知らない、幼児特有の非力さで触れる。掌が湿っている。指が、私の頬よりも遥かに水分を含んだ皮膚が、私の顔を撫でまわす。

「痛っ」

一時的に暗くなる視界の向こうで、キャハハ、と笑う声が響いた。引っ張られてひりついた瞼を擦《こす》りながら、のそのそと上体を起こすと、娘は張り付いてきた。抱きつく、と言うほどには、その腕は、まだ人の抱え方も知らない。もう軽くはなくなってしまったその身体に手を回して、ぎゅっと抱き寄せる。肩口で、娘の頬が動いたのが伝わる。微かに笑ったのだ。

おはよう、という言葉が自然と口をつく。当然返事はない。子供の覚える言葉の順番は無秩序だ。小さくて柔らかい背中を撫でる。肌に伝わるぬくもりで、寝起きに挨拶する相手がいることを確かめる。

幼児の体力は、思いの外あるようで、案外あっけない。先程まで元気に部屋中を駆け回っていた娘は、私の腕枕で眠っていた。起こさぬように、そろりそろりと腕を引き抜く。指先がうなじを離れる間際、揺れた眉毛にびくりとするが、その目は閉じられたままだ。ゆっくりと上下する胸を見下ろして静かに息を吐《っ》く。

　さて、あと一時間ほど、どう過ごそうか。

　音を立てないように立ち上がると、冷蔵庫に近づいて慎重にドアを開け、牛乳を取り出した。吊り棚からグラスと小さなコーヒーポーションのカプセルを摑み、グラスに中身を開ける。牛乳は、細く、円を描くように注ぐ。ティースプーンでも使えば、グラスに当たる鋭い音で、娘はたちまち眠りから覚めてしまう。滑らかに揺れるミルクコーヒーの表面を眺めながら、グラスを口に近づけた。

　唇に触れたグラスは硬く、ひんやりと冷たい。傾ければ、仄《ほの》かな甘さが口内へ流れ込む。牛乳は、少量のコーヒーポーションと混ざってもその冷たさを変えることはなく、飲み込むと胃の手前まで流れる感覚が伝わった。これを飲めば、少なくとも、娘が寝ている間、眠くはならない。数少ない私の自由時間、自分のために使いたかった。

　乱雑に散らかった部屋を見渡す。休日、それも一日家で過ごすと決めた日は、この部屋の手狭さを感じる。朝食を摂るためのダイニング、始まりたてのごっこ遊びをするプレイルーム、そしてぐずる娘をあやす寝室まで、この一部屋で収めなければならない。保育園に通うママたちがＳＮＳに上げるような華やかな部屋はうちにはない。理由は単純で、私の稼ぎが足りないからだ。

　転勤が決まった夫についていくかで揉めたのが先月のこと、私は東京に残ることを選んだ。夫の福利厚生で住んでいたマンションを引き払い、同じ駅の北側、辛うじてオートロックと一口のIHのコンロがついたワンルームに引っ越した。決して夫が嫌いだとか、夫婦仲が悪かったわけではない。夫の転勤先が、よりにもよって福岡だったのだ。

冷蔵庫に牛乳を戻す際、出窓に置かれたサボテンが目に入った。細くて長い身体は重心が支えきれないのか斜めに傾《かし》げていて、水や肥料をあげていない時期があったせいで、胴の太さも所々くびれていて均一さがない。引っ越しのときに気づいたのだが、その付け根にはぽこぽこと子株ができていた。

長くなりすぎたサボテンは、「胴切り」というものをするらしい。上下に切り分けて、上部は新しい土に差し込んだのちに断水をし、下部もまた水を断ってその断面を乾燥させる。子株についても、上部と同様の手順で親株から切り離す。

サボテンの子株は、ほんのりと柔らかい土を被っている。引っ越して早々、夫が土の入れ替えをしたのだ。植物の世話は夫の担当で——そうはいっても、育てるものは食べたアボカドの種やかぼちゃの種など、特別熱心ではないのだけれど——私は殆《ほとん》ど関わっていない。単身赴任を期に、私の背ほどもある育ち過ぎたアボカドや芽が出たばかりのかぼちゃの鉢は、義母が引き取ってしまった。けれど、世話好きな義母もサボテンだけは不得手らしく、「私はすぐ溶かしてしまうのよね」とこの鉢は置いてきぼりをくらったのだ。哀れなサボテン。そんなサボテンを無理にでも夫が連れて行かなかったのは、水やりを忘れてしまう私のもとでも死なないと踏んだからだった。このサボテンの不格好さは、私が独身のときに貰《もら》った物であるが故だ。

サボテンの胴切りをしよう。傾げたサボテンと見つめ合い、そう思い立った。出窓は私の胸ほどの高さがあり、立ったままでも作業ができるだろう。十分な広さがあるし、新聞紙を敷けば、抜け落ちた棘や散らばった土が床に転がることもあるまい。

スマホで簡単に調べてから、敷き詰めた新聞紙の上に道具を並べていった。ゴミを入れる紙袋、子供用手指消毒液、普段掃除に使っているビニール製の使い捨て手袋、先週買った厚手の雑巾を二枚、子株を取るためのピンセット、そして、ヴァイオリンのE《エー》線のスチール弦が入った四角い紙の包み。普通はナイフで切るようなのだけれど、押さえつける際にサボテンの針が抜け落ちるのを避けたい。どうにか紐を巻きつけて切れないかと思い至った。荷物を整理していたときに出てきたこの弦が、こんなタイミングで役に立ちそうとは。サボテンとヴァイオリン、目の前に並んだものにひりひりと脳の隅が痛むのは、気づかないふりをする。

手袋を左右につけると、サボテンを鉢ごと引き寄せて、その輪郭を視線でなぞった。下から二つ目の大きなくびれで切るのが妥当だろう。スチール弦を包みから取り出した際に、中から紙切れが滑り落ちた。ひらりひらりと足元まで辿り着いたそれに、屈んで手を伸ばし、透けた何かに気づいて裏返す。

色気のない黒いボールペンで書かれた文字。過去の自分がこの弦を渡す相手に宛てたメッセージだった。さっと目を通すと当時の記憶が蘇ってくる。記憶が気持ちを呼び出す前に紙をちぎると、ゴミ入れの紙袋へと処分した。けれど、胸の奥からゆっくりとせり上がってくるものは止まらない。

雑巾を両方の人差し指にかける。片方にアルコールを馴染ませ、丸まったスチール弦につくように伸ばし、雑巾越しにぴんと張った。弦をサボテンのくびれへとひと巻きする。真っ先に蘇った虚しさを振り切るように、指先にぐっと力を入れる。

ミリミリとサボテンから小さく音が鳴る。弦はサボテンに食い込んでいく。虚しさは、次第に心の底から悲しみを引き上げる。

ひどい嘘だった。そばにいてほしかった。それが叶わないならば、殺してやりたいと思った。このサボテンの花が咲いたら見せてくれと言ったじゃないか。なぜ私を一人にしたの。悲しい、悔しい、苦しい。

私はサボテンを締めているのか、彼の首を締めているのか、わからなくなる。弦が絡まった指先が痛い。ミリミリ、ミリミリと音は続き、ごろりと首が落ちた。力を入れすぎたのか、それは新聞紙の上を転がって、床に落ちそうになる。

慌てて手を伸ばした。スチール弦を離すつもりが、雑巾まで手放してしまい、サボテンの首は私の掌へと落ちる。咄嗟に握った指先に、ちくちくと痛みが走った。

声を抑えて、今度は転がらないようにそれを新聞紙に置くと、手袋を外す。そのままでは何も違和感はない。痛みを感じた指先をこすり合わせると、鋭い不快感が顕《あらわ》になる。指をしげしげと見つめると、いくつかの棘が刺さっていた。細くて小さい。ピンセットで取るしかないだろう。思わず眉を顰《ひそ》めた。

見えない棘。彼が私の心に残したものみたいだ。思い出を撫でると私の心はその痛みを思い出す。

音大進学のために上京してきた彼と出会ったのは、もう六年も前のことだ。付き合ったのはたった一年、その間に、彼は私に未来の約束をして、それを破った。

肩が震え、呼吸が荒くなる。浴びせられた罵声が否応なしに耳に蘇る。太っていた容姿のこと、傷つきやすい性格のこと、どうしようもなく歪《いびつ》な家族のこと。あまりにも恵まれていた彼には、全てが許せなかったのだろう。私を好きだと言ったその口で、彼は私の全てを否定して去っていった。彼が好きになったのは、彼が描いた幻想の私だった。彼が一緒にいたかったのは、彼の彼女として不足がない女の子。それは彼に限らず、これまで幾度も繰り返されてきたことだった。なぜ彼らは商品のように恋の相手を物色して、その中から私を選んだのだろう。決まって好きになるのは幻想の私だったのだろう。

思考は早足でそこまで行き着いたが、答えは出ない。ほうっと溜息を吐《つ》いて、ピンセットを手に棘を抜き、紙袋に捨てていく。

別れてから五年。このサボテンを見るたびに、私の心に刺さった棘は微かに疼《うず》いた。それでも捨てられなかったのは、これが生き物だったからだ。私の代わりに世話をする夫に申し訳なく思うこともあったが、関わらずに済むならそれに越したことはなかった。夫が彼の帰った福岡に旅立ったあと、サボテンが子株を付けていることに気づいて、そのふてぶてしさに憎しみさえ覚えた。

棘を抜き終わった手を軽く撫で、痛みがないことを確認する。そのまま鉢を押さえると、ピンセットで子株を摘《つま》んだ。ピンセット越しにその硬さが伝わる。親株が僅かに揺れ、音もなく子株は親から離れた。その呆気ない作業を黙々と繰り返しながら、親株の周りを、一部分だけ空けて取り囲むように挿していく。最後に、ピンセットを置いた手で雑巾を持ち、サボテンの首を摑んで空けたところにしっかりと押し込んだ。

密集したサボテンは、親株が首を切られているとはいえ、迫力があった。2つになった親株と、たくさんの子株たち。家族のようにも見えるその鉢を、苦々しく思う。私だけといたときよりも、花をつけそうなその姿に。

不意に、ポケットのスマホが振動した。画面には夫の名前がある。スライドさせるとメッセージが表示された。

《二人とも、元気にしてる？

そういえば、サボテン見た⁉

ちっこくて可愛いの出来てたよね！

いやー、大事に世話した甲斐あったよー。

来週またお世話しに行くね。》

すっと喉の奥を空気が流れて、逆流した。耐えきれず、アハハと声が出た。

《可愛くはないけど、もう分けといたよ。

私達は元気。そっちは？》

《えー、楽しみにしてたのに。

こっちも元気だよー。》

《そう、それじゃあまた。》

画面を切ってからもブルブルと震えるスマホはポケットにしまう。直《じき》に電話してくるだろう。紙袋の中に新聞紙を詰め込んで、ゴミ箱へと放り込んだ。

夫は、こっちの感傷などまるで気づかないで――或いは、気づかないふりをして

——目の前にあるものを楽しむ。今を生きることが一番大事なのだ。この指に棘が刺さっていたら、なんで刺さっているかなんて聞かないで、お構いなしにピンセットで抜いていく。棘を抜いてもまだその傷が痛むのなら、ゆっくり休んで癒えるように、両手で包んで待っていてくれる。

布団からモソモソと音がして、んみゃあと声が聞こえた。声のもとに駆け付けると、泣いてぐずる娘を抱き上げる。ポケットのスマホはまだ震えている。取り出してスライドさせると、「もしもし? お、泣いてるねー」と心地の良い声がした。

ベランダで飲もう

たっしー

「ただいま〜。」

「おかえり〜。」

このセリフで、二人の登場人物が見えた方に朗報です。
どちらのセリフも同じ奴が喋ってます。

小久保大志《こくぼたいし》
26歳、会社員、独身、彼女無し、都内ワンルーム在住。

帰宅の挨拶に自分の声で返答しながら、
部屋の電気を点ければ、7畳程のワンルームにベッドとテーブル。

不動産屋に行って職場から30分圏内のワンルームを紹介してくれと伝えてすぐに決まった特になんの特徴もない部屋だ。

男の独り暮らしなんて、自分のただいまにおかえりを返してコンビニで買った惣菜とビールを一人でお笑い番組を見ながら食べて、風呂入って寝るだけ。

別にハマってる趣味もないし、やりたいこともない。

九州から東京に出てきて4年経った。

最近たまに親から、彼女はいないのか。とか、結婚はどうだとか、九州に戻ってこいとか、連絡が来るが、正直めんどくさい以外の感情が湧かない為、夜中に「悪い。仕事だった。」

とメールを送ってやり過ごしている。

ただ、唯一俺の心をお笑い番組よりも躍らせてくれる空間がこの家に存在する。

窓を開ければ、心地よい春風が吹き込む。

都内のマンションの6階にある俺の部屋からは、ちょうどマンション前の通りが見える。

車はあまり通らず、近所の住人が道の真ん中を歩いているが、最近の日課はここでビールを飲みながら、通る人々の観察を行うことだ。

「お、きたきた。」

そうこうしているうちに一人の女性が犬を連れて歩いてきた。

時刻は21時。女性一人で出歩くには少し遅いかもしれないが、この人は毎回この時間帯に俺の家の前を通るのだ。

「ペロと由美」

別に、犬の名前も女性の名前も本人から確認を取ったわけではない。日々の観察から導き出したなんの根拠もない研究結果だ。

何年か前に話題になった細胞より、根拠は無いが名付け親の自信だけは折り紙つきだ。

「由美さん（仮）は今日は日勤かな。」

俺の見立てでは、由美さんは看護師だ。夜通らない日が月に6~8回、時間が早まることもたまにあることから、交代制の勤務をしている可能性が高い。

そして、由美さん（仮）のジャージはそこそこいいブランドのものを使っていることから、それなりの収入があることが見てとれる。

もしかして、俺より稼いでる？

推測をさかなに、缶ビールを呷っていると由美さん（仮）がこちらに目を向けた。

偶然目が合った俺たちは、2～3秒ほど見つめあって会釈をする。

特に会話なんてない。

別に、ラブストーリーも突然には始まらないし、あの特徴的なイントロだって流れない。

それでも、このなんともいえない微妙なコミュニケーションが案外癖になるのだ。

まるであぶったエイヒレみたいに。

自分でもよくわからなくなってきた……

由美さん（仮）とペロを見送って、空いた缶を灰皿に煙草を吸っていると常連客その2が現れた。

「今日もおっそいなぁ……」

全体的に丸みを帯びたフォルムと、「それ走ってます？」と聞きたくなる程にゆっくりとしたペースで22時頃にジョギングをしている。

30代後半から40代前半の男性。

いつも上下赤いジャージに、頭にタオルを巻いて休み休みその巨体を揺らしている。

ほぼ毎日俺の家の前を走っているのだが、どうやら効果が現れるのは個人差があるらしい。

「お疲れさんだよ、ほんと。」

聞こえることのない俺のエールが、疲れて膝に手を置くランナーを鼓舞する。

正直、世界記録とかと戦っている五輪ランナーとか、正月の朝っぱらから死ぬ気で走る大学生なんかよりよっぽど応援していると言ってもいい。

由美さん（仮）よりも高い頻度で見られる彼のことを俺は敬意を表してこう呼んでいる。

「がんばれ、マルコ。」

今はまだ、飛べないのかもしれないがいつの日か彼を大空に羽ばたかせてくれる様な効果が出る日を、もしかしたら本人よりも祈っているかもしれない。

俺も高校まで野球に打ち込んでいたなんちゃってスポーツマンなのだが、正直今甲子園であのくそ暑い中試合をしている彼等を見るとただのドMなんじゃないだろうかと思えてくる。

世間では球数がどうだとか、選手がかわいそうだとか騒がれているがまずあのくそ暑い日本の夏をどうにかしていただきたい。

そして同時に思うのだ。

何かに全力で打ち込むことができる人間は、かっこいいのだと。

適当な会社で営業をして、そこそこの成績で、適当に都内で普通に暮らしている今、俺の心は刺激を求めているくせに、なによりも刺激を恐れている。

大学の四年間なんて、飲んでバイトした記憶しかないし具体的なエピソードなんて全部1を10に盛って面接で話した。

日々、なんとなく生きている俺にはマルコの姿がとてもかっこよく見えている。

「今度、声かけてみるかな。」

酒も進んでフワフワとし始めてきた頭で、マルコとさかずきを交わすシーンを思い浮かべるが、絶対に30分と持たないので、彼と飲みに行くことはないだろう。

飛べねえ豚はただの豚。

どこかで聞いた、世界一かっこいい豚のセリフを思い出して、いつの間にかベンチで休んでいるマルコにベランダから送る。

走れマルコ。

その先に、俺との飲み会が待ってるぞ。

「未来で待ってる。」

これは別の作品だ。

なんとか走り始めたマルコに、愛は地球を救うと改めて感じさせられた後、ビールからハイボールにお色直しをして、つまみにポテチを一袋開ける。

火照った体に夜風が気持ちいいが、深酒しすぎると隣の後輩の女が酒臭いとののしってくるから注意が必要だ。

酒がダメらしく、飲み会でもひたすらウーロン茶を飲んでいる。

まあこのご時世、酒の強要はご法度だし、その辺の節度があるなら飲まないキャラでやるべきだろう。

どうも俺の仕事のスタンスが苦手らしく、よく相手先に電話をするふりをして上司の監視を掻い潜る俺にため息をついている。

ちなみに俺は新入社員歓迎会で、九州ハラスメントを受けた。

『お前、九州なんだから飲めるだろ？』

『博多弁使ってみてよ！』

『北九州ってお腹に雑誌挟んで歩かないといけないってほんと？』

九州だからって酒が強いわけじゃない。

実際俺と同期入社の鹿児島出身の女には全く酒を勧めていないだろう。

女は黙って黒霧島。とはならんのか。

それと最後。北九州のことをなんだと思ってるんだ。

そんなことねえちゃ。ぶちくらすぞ。

おっと、話が逸れてしまった。

ウイスキーの瓶とかち割り氷。

ネットで箱買いした炭酸水と、社員旅行で行った沖縄で作った琉球ガラスのグラスでハイボールを飲んでいると、三人目のお客様がご来店。

「新顔だ……」

何やらマンションのエントランスの前で、誰かと電話をしているところをみると、うちのマンションの住人の友人だろうか。

その女性は俺と同世代か、少し上くらい。

すらりとした体形に、胸の辺りまであるウェーブがかった茶髪。

Vネックのニットにスキニーというラフな恰好だが、これまで見たことがない。

何やらごそごそとカバンを漁ったりしてはいるが、一向に部屋に入る気配がない。

まさかあんな目立つ空き巣もいないだろうし、どうしたのだろうか。

距離と酔いのお陰で、顔は良く見えないが、スタイルは良さそうだしなんかいい匂いしそうだ。

機会があれば是非よろしくお願いしたい。

彼女の無事を祈りつつ、二杯目のハイボールを作っていると電話を終えたその女性が、マンションのエントランス前にあるベンチに腰かけてうなだれた。

そこはさっきマルコが座ったところだぞ。

おのれマルコ、今後はちょっと厳しめに応援してやる。

「もしかして入れないのか？」

俺の鍛え上げられたベランダオブザベーションアイズ（観察眼）で、彼女をスコープする。

1. 電話は鍵の110番。
2. うちの鍵がディンプルキーで高額なことにショックを受けている。
3. カバンに入っていないか改めて確認するもやはり鍵はない。
どうしようかと途方に暮れている。

間違いない。彼女のことはこれからかすみと呼ぶことにしよう。
特に思い付かなかったから元カノから拝借した。

「あのー、」

6階のベランダから酔っぱらいが女性に声を掛けるって場合によってはおまわりさんでは？

俺の声が聞こえたのか、勢い良く顔を上げたかすみさん。

「高いところからすいません。もしかして、鍵なくしました？」

「あ、えっと、そうです。」

「オートロック、開けましょうか？」

「いいんですか？」

「まあ、それくらいなら……」

俺の提案に、明らかに声がワントーン上がったかすみさんは、すかさず俺の部屋番号を聞いてエントランスへと飛び込んだ。

我ながら、一人の女性の暮らしを守ったことに少し鼻を膨らましてドヤってみる。

まあ誰に褒められるわけでもないが、助けたことに変わりはないので誇っておくとしようか。

チャイムが鳴って、通話ボタンを押してエントランスを解錠する。

これで俺の仕事は終わり。

このグラスに残ったハイボールが終わったらさっさと寝るとしよう。

また明日から、くだらない毎日をなんとなく生きていく日々が始まるのだから。

ベランダへと戻ろうとしたところ、俺の家のインターホンが再び鳴らされる。

今度はエントランスではなく玄関の方だ。

律儀にお礼でも言いに来てくれたのだろうか。

「はーい。」

「さっきはありがとうございました。

あの……玄関開かないんで一晩だけ泊めてもらえません?」

俺のラブストーリーが、突然イントロを奏で始めたかもしれない。

ステイホームコスプレイヤー

上原《うえはら》 果《はたし》

コロナウイルスが世界中に蔓延してから一カ月が過ぎた。四月のはじめに開始するはずだった大学生活も二カ月先延ばしになり、バイトもできる状態じゃない。窓の外で輪郭がはっきりした雲が青い空に流れている。絶好のお天気日和だというのに、一歩も外に出ずにテレビでやんやと騒ぐニュースキャスターを目で追う。そんなふうに不完全燃焼の一日の半分が過ぎ去って時刻が十七時を迎えたとき、わたしは「宅コスでもするか」と思い立った。

宅コス。自宅コスプレのこと。このまま何もせずに一日を消費するよりコスプレ活動をすることで意味がある日にしたくて、クローゼットからひっぱりだした衣装を着こみ、バラバラとメイク道具を机の上に散らす。よく洗った手でカラーコンタクトを装着すると、茶色の目が外国人のように青くなった。それだけで別人に生まれ変わったような高揚感が味わえる。ファンデーションをのせたスポンジを頬におしつけると肌に吸い付く冷たさが心地よく、いっきに首筋まで真っ白に塗りおろすと甘い香りが鼻をくすぐる。白い顔のキャンバスにアイプチ、紫のアイシャドウ、アイライン、つけまつげの順で手際よくのせる。自らの手で顔を整形していく。元の自分を殺していく。

「……うしっ。できたぞ」

ウィッグを被り、毛先を液体のりで整えれば、鏡のなかで神崎モモカちゃんの笑顔が咲いた。我ながら可愛くて、天使だ、とつぶやき鏡にむかって表情を変える。泣く、怒る、すまし顔、いろんなモモカちゃんを演じたあと、スマホをとりつけた自撮り棒片手にポーズを決めた。親指と人差し指をクロスさせて、ハートマークをつくる。ピンク色のアホ毛をいじって、青い瞳でウィンクして。あっという間にスマホに五十枚の写真が溜まった。これで中身がない一日を回避できた。平坦な山の頂上にたどり着いたような安い満足感に浸っていたが、玄関のインターホンが鳴ったことで、一瞬にして戦慄へと変わった。

忘れていた。今日の夕方に実家から米袋が届くということを。在宅を確認するように連打される電子音がせかす。もちろんメイクを落としている時間はない。居留守をつかって、不在通知票をもらおうかな。ちいさな悪魔のささやきに従おうと思ったが、昼間のニュースが伝えていた配達員の苦労と現状のインタビューを思い出し、罪悪感が滲む。

出るか。恥だけれど。わたしは黒いゴスロリドレスのまま玄関に立った。配達員は赤の他人だし、印鑑を押せば二度と会うことはない。やべぇ奴だ、と思われても構わなかった。こんな気持ちもコロナのせい。社会的な恥じらいみたいなものが一カ月の巣ごもりで鈍麻したようだ。

「宅配です」と、男の声がした。わたしは扉を開き、おつかれさまです、と軽く頭を下げた。

「……住所はここでおまちがいないでしょうか」

「はい。ここに印鑑でいいんですよね」

宅配さんの目が驚きで丸くなっている。あきらかな動揺を意識したらわたしの負け。平静を装って伝票に赤い印を押した。

「ありがとうございました。それじゃあ」

一刻もはやく部屋に戻りたくて閉めかかった扉を、待ってください、という宅配さんの声が邪魔をした。

「あの、その恰好って、『stay』の神崎モモカ……ですよね」

宅配さんはたどたどしく言った。はい、そうですが、と返すと宅配さんの目の輝きがいっそう強くなった。

「やっぱり、え、クオリティ高いっすね！　ヤバい。モモカちゃんが三次元にいる」

乾いた金色の前髪がかかる額に手を当ててあとずさりする男に、今度はわたしが動揺する番だった。これは面倒くさいヲタクだ。以前、公園で撮影をしたとき通りすがりのTシャツ男に似たような絡まれかたをされた思い出がよみがえった。最終的にキャラの姿で卑猥な言葉を言ってくれとせがまれた黒い経験で、あのようなことは二度とごめんだから、いつでも扉を素早く閉められるよう心の準備を整えた。

「あの、写真撮ってもいいですか？」

ときめきに胸をおさえる宅配さんはすでにスマホの電源を入れているので、許可もなにもあったものではない。

「SNSにあげなければいいですよ」

正直、画像処理をしていない写真を他人がもっているのは気が引けるが、はやく退散してくれるなら仕方がない。ありがとうございますっ、と宅配さんはスマホのレンズをかざし、シャッターまで三秒です、と合図をした。両手でハートマークをつくって片目をとじると乾いたシャッター音がした。

「ホントにありがとうございます。永久保存版です」

「いえ、どうも……」

「ほかにはどんな作品をやってるんすか？」

なかなか退《ひ》かない。スッポンか、おまえは。

『鬼桜《きざくら》』の義経とか、『刀音頭《かたなおんど》』の痣丸《あざまる》とか、かな」

「それじゃあ今度、おれが宅配に来たら痣丸をおねがいします」

お休みのところ失礼しました。宅配さんは晴れやかな笑顔で颯爽と帰っていき、支えを失った扉がゆっくりと閉まった。外の夕焼けの世界と部屋がふたたび隔たれた。


おねがいします。

たしかにあの男はそう言った。記憶違いなのでは。わたしはなにかを聞きまちがえたのかもしれない。確認したかった。それってどういうことですかって。そう聞き返すまえに宅配さんは行ってしまったのだから。

こうして、たのしいステイホームは米袋と交換に崩れた。


欲しいものは外出をして買おう。いままでマウスの左クリックで済ませていた商品は近場の百円ショップや自主営業をしている雑貨屋で買えるはず。勝手にはしゃいで、勝手に写真を撮って、そのうえリクエストなんて厚顔無恥だ。マナー違反でイエローカードをかかげたい。しかし、無駄な屋外行動を制限されているこの時期に営業している店は数が限られる。とうぜん買えないものがでてくるし、無茶して買いたいものを探し回って感染したらと思うと、外に出る一歩の気力がわかない。結局、わたしは通販サイトで商品をクリックした。簡単に済ませられた購入手続きの表示がこれほど気にさわったことはない。

「……終わった」

わたしがため息をつくと、鏡の中の痣丸もため息をついた。また写真を撮られる可能性があるから、いままで以上に丁寧にメイクをし、肩にくっつけた甲冑の傷も修理した。男装だから胸つぶしブラジャーを着ているが、胸やけがするのはそのせいではないことはたしかだ。いっときは宅配会社にクレームを入れるか、宅配さんの要求を無視してなにもしない状態で出ていこうとも考えた。しかし、クレームもコスプレをしないのも相手を逆ギレさせる可能性が怖かったし、女の一人暮らしではなにかが起こっても対処の限界がある。まさかこんなことでコスプレをするなんて、一昨年のわたしは想像できただろうか。

コスプレに目覚めたきっかけは高校の美術部の先輩だった。美術室で卒業パーティーをひらいたとき、顧問の目を盗んで先輩がメイク道具と衣装を用意してきた。先輩のメイク入れはスタイリストが使うような錠前がついたボックスで、せいぜい口紅とアイライナーが入ればいいと選んだ自分のポーチと比べて、メイクアーティストみたい、と口に出した。キャラごとに化粧品そろえるから増えてきちゃって、金がかかる趣味だよ、と純白のファンデーションを顔に塗ったくりながら、先輩は苦笑いした。当時人気だったアニメの男のキャラをやると言った。桜の蕾がほころんだような美人の先輩が男になる想像がむずかしく、女の人が男になるってできるんですか、と聞くと先輩は、まあ見てなさいよ、と口角をあげて手を動かした。少しずつ元の面影が消え失せてキャラが現実に転生したのではないかと思うほど、先輩の技術は高く、その鼻筋通ったイケメンぶりに危うい勘違いをしそうだった。たのしいですかコスプレは。わたしの問いに先輩は、違う存在になれるからね、と女子高生らしからぬ男前な笑みを浮かべた。

宅配さんに備えて、鏡の前で笑顔を練習する。初心者のころは厚ぼったくてぼんやりとしたメイクだったが、いまは断然カッコいい自分になれている。そのとき、休憩終了のインターホンが鳴った。緊張で身体がいっきに火照る。わたしはため息をつき紺色のスーツの襟を整えると玄関に立った。

「お届け物です」

宅配さんの声はこのまえよりも弾んでいるように感じる。どうもです、とわたしはそっけなく言い流れ作業のように伝票に印鑑を押した。

「やあしかし、予想以上ですよ。惚れそうです。男ですけど」

業務を終えた宅配さんはすぐにヲタクモードに切り替わった。男のコスプレを褒められるのは気分がいい。性別の塗り替えに成功した詐欺師の気分はこんな感じかもしれない。素直な「ありがとうございます」が口からこぼれた。

「写真撮りますか？」

「あざまっす。お言葉に甘えて……」

玄関の扉が閉まらないようにストッパーで固定すると、宅配さんに向けて模造刀を構えた。顎をひいて、シャッターの瞬間に目を大きく開けるときれいにうつる。これも先輩に教わった。

「モモカちゃんのときはツリ目だったのに、ちゃんと垂れ目になってる。どうやってるんですか」

スマホの写真を指で拡大する宅配さんは不思議そうに首をかしげる。

「テーピングで目尻を下向きにひっぱってるんです。アイラインも下向きに引いてるんで」

スポーツで使うテーピングをはってるんです、と横を向いて頬の肉をもちあげる肌色のテープを見せた。

「おれ陸上やってましたけど、こんな使い方もあるんですね」

宅配さんは感心したようにうなずいた。好意的な興味をもってくれると、人付き合いが苦手なわたしも饒舌になれる。工夫がものを言う趣味なんです、とわたしは模造刀をかかげた。

「これも百円ショップのおもちゃを改造したんです。一度バラバラにして、刀身を作りなおしてから、表面にアルミをはって本物の刀身に近づけました」

「器用だなぁ。なにか手作業のお仕事をされてるんすか」

「いえ、まだ大学一年ですから。あの、お時間大丈夫ですか」

少々気さくに話し過ぎた。次の仕事があったら、これ以上ひきとめると宅配さんに悪い。案の定、宅配さんは腕時計をみて目を見開いた。

「ヤバッ。そろそろ行かないと。じゃあ、次は『鬼桜』の義経でおねがいします」

では失礼します。宅配さんは立ち去った。タイル貼りの廊下にスニーカーの足音が響き、遠ざかっていく。

「つぎも、かあ」

気さくなのはいいけど、やっぱりすこし迷惑だな。ゆっくりと扉を閉めて部屋の奥に戻ると、机に散乱した化粧品と使用済みコットンにまじってスマホが小刻みに振動していた。確認すると、先輩の名前が表示されていた。わたしはあわてて電話にでた。

「遅くなりました。どうしたんですか?」

「お、でたでた。久しぶり」

高校卒業後、就職を選んだ先輩の声は、どことなく落ち着いた大人の雰囲気を身に着けていて電話越しなのに背筋が伸びた。

「そっちはどうなの。コロナは」

「大学はやってないです。入学関係の書類だけ書いたまんま、ずっと引きこもってます。先輩のほうは会社どうなってるんです？」

「オンラインって世間は言ってるけど、まだ出勤してるから。おじいちゃんばっかでデジタル慣れしてないの」

いっそビルをなくして、ずっと家で仕事していたいなあ、と先輩の話はなかなか本題にたどり着かない。池の周りをぐるぐるまわるような会話がつづきたまらず、あの、用件は？　と催促した。

「ああ、そうそう。本題なんだけど……あたし結婚することになりました！」

「え、おめでとうございます！　どうやって出会ったんです？」

「カメコさんだったの。撮影でいっしょにやる機会が多かったの」

コスプレのカメラマンを「カメコ」と呼ぶ。コスでカレシつくれるなんていいなぁ、とすねた口調で言うと、

「それでねコスプレなんだけど。あたし、しばらくお休みしようと思ってんの」

と、少し陰りがにじんだ声がかえってきて、一瞬だけベランダの外から聞こえる

音が止まったような気がした。

「え、先輩。コスやめちゃうんですか」

「引退ってほどではないけど、結婚とか仕事に向けていろいろ考えなきゃいけなくて。自分へのけじめ、みたいな。落ち着くまでって感じかな」

「そうですか。でも、やめるのはマジで悲しいんで勘弁してください」

「えー、そこまで言われるとうれしいなあ」

それから他愛のない話を一時間ほどして、通話は終わった。画面を待受に戻すと、肺を絞るようなため息をこぼした。もちろん結婚はうれしい。だけれども、先輩がまたひとつ社会のステータスを昇るたびに、どんどんわたしが知っている美術部員の先輩が消えていくようで、さみしい思いで胸のなかが澱《よど》む。美術室の卒業パーティーで化粧をしたあの先輩の、緑のカラコンをのせた指やテキパキとテーピングで顎まわりを整える真剣な横顔が、日にさらされて褪《あ》せた写真のようにひどくなつかしい。対してわたしは先輩のコスプレにときめいた高校二年生のまま置いてかれている。自分の足で着々と現実を生きている先輩とたった一人で派手な恰好とやりすぎなメイクにうぬぼれている自分。わたしの頭上を冷静な視線で見下ろすもう一人の自分がいるような悲しい恥の感覚はひさしぶりだった。

ハンドミラーに痣丸になったままの自分をうつす。宅配さんと話したときより、テーピングでもちあげた両頰の肉が垂れさがり、ファンデーションも汗で剝《は》げて、自分自身に近いみっともない顔になっていた。わたしはスマホのカメラを起動して、一枚だけ痣丸を撮った。そのあと、化粧落としシートで顔の半分をぬぐう。肌にシートの水分が染み込み、化粧という小細工を滲ませる。半分だけカッコいい痣丸で、半分はどんよりした顔の自分。やだ、現実ってきびしい。二重テープやマスカラ、アイシャドウといった痣丸を形成していたものが汚い色で化粧シートにへばりついていた。

朝から雨が降っていた。粒子の細かい雨が窓から見えるビルの景色を白くけぶらせ、湿気でむせかえりそうだ。お天気コーナーのお姉さんが、今日はお出かけ日和ではなさそうです、と残念そうに眉をひそめるのに、やめろ、とつぶやいた。毎日「お出かけ」日和ではないのに、白々しい演技に嫌気がさす。ちがうチャンネルに切り替えると、昨日の由比ガ浜海岸の映像が映し出された。チラホラと黒い人影が灰色の海の飛沫《しぶき》のはざまに揺らいでいる。

「外出自粛中だというのに、サーフィンをしている人がこんなに。趣味がそんなに大事ですかねぇ」

ニュースキャスターがいかにも嘆かわしい表情をして、指示棒でスクリーンを叩く。コロナウイルスがなければ、批判のやり玉にあげられることもなかったろうに。事態が悪くなったら「趣味は無駄なこと」のように取りざたされるのは実家を思い出して不愉快だった。

コスプレをつづけていることを親は知らない。両親の間ではとっくにやめたことになっている。ふたりともアニメやゲーム、漫画といった若者がすき好む色鮮やかなものが苦手なようで、品行方正な自分の娘には無縁なものだと信じている。だから高校までわたしはバレないように漫画は古本屋で立ち読み、アニメやゲームは家族が寝静まったあと暗がりの部屋でパソコンを眺めてしのいでいた。だから、コスプレの衣装が見つかったときはけたたましい怒りようだった。鷲づかみにしたアイドル衣装用のミニスカートを突き出して、おまえをはしたない娘にしたのは誰だ、と問い詰められた。親はコスプレを援助交際のはしりだと考えていた。せっかく丁寧にアイロンをかけたスカートがしわしわになって放り出された。

「あぁぁ。やだな、もう」

心の鬱々を晴らすように声をあげると、絨毯にひっくり返った。テレビをにらむと、これからのコロナ対策についてコメンテーターが昨日と同じ内容を力説している。

なにが新しい生活様式だよ。人とのあいだを二メートル以上離せだとか、面と向かってしゃべるなとか。新しい世の中に慣れていきましょう、と切り替えていけると思ったら虫が良すぎる。きっといままでたのしかったものの半分以上が消える。カラオケや居酒屋も、営業が再開したとしても、コロナ以前のように五時間ぶっ通しで歌うことも、煙草の煙とおじさんのうるさい声のなかで脂がのった焼き鳥を食べることもできない。たのしい無駄がなくなるのにそういう現実に目を背けて、明るいほう明るいほうへいきましょう、なんて笑っている人たち。気持ち悪い世の中だ。

「コスプレは残るのかな」

コロナ以降はできない活動を片手の指を折って数えてみる。不特定多数の人間があつまる大型イベントは無理だな。コミケなんて病魔の巣窟。それとスタジオ撮影もむずかしい。カメコさんと距離をとって撮影するのは頑張ればできそうだけれど、更衣室は？　床にすわってメイクをするし、十人以上が個室で押しあって着替えるから「三密」は必至。

「もしかしたらなくなるかも？　……」

わたしは数えるのをやめてバタンと両手を広げた。親に趣味を否定されて、今度は世間からつまはじきにされる。わたしにとってコスプレは呼吸に必要な酸素と同じだ。幼いころから自分の色がなかった。いつもだれかの後ろをついてって、だれかの考えにたいして適当にうなずいているだけの身体を貫く硬い芯がない、通知表風に言うなら主体性がない人間。中身からっぽな日本人女性という箱にアニメや漫画、ゲームのキャラの皮をかぶせることで、中身を補おうとした。付喪神に、魔法使いに、武将に、勇者といった設定を拝借して、いっときだけキャラの人生を生きたい。ただの女子中学生が月の戦士に変身するような化粧の魔法がわたしの唯一の自信だから、奪われたくない。趣味に一生懸命なんてバカみたいだけど。

「コスプレは、無駄な趣味だ、やめてくれ」

みんながなにかのせいにしたくてたまらない世の中にコスプレイヤーの一句を吟じると、越してきたときから気になっている天井のシミをぼんやりと眺めつづけた。ひさしぶりにたくさんのことを考えたせいだろうか。それとも細かい雨粒が窓を打ち付ける音がやさしいせいだろうか。だんだんと意識がぬくい闇に沈んでいった。

「……ん……さん、お届け物です！」

張り上げる声に意識が急浮上していく。まぶたを開いた視界が鮮明になるにつれ、焦りの感情がぎゅんと湧きでた。壁に掛かった時計を見ると宅配指定時刻の十六時を迎えていた。どうしよう、コスプレしてない。昨夜のうちにひっぱりだした義経の緋色の衣装が部屋の隅になげだされている。早く着替えられるように、と準備したというのに、なんで寝たんだ。鳴りつづけるインターホンが選択を急かす。せめてナチュラルメイクができる時間がほしかったが、仕方なく何もしない状態で玄関に向かった。本来の自分で玄関に立つほうが気が重い。わざわざ派手な恰好をして対応するほうが、異常だというのに。

「はい、遅くなってすみません」

扉を開けると濡れた雨がっぱを着た宅配さんが立っていた。額にへばりついた金の前髪も濡れたせいか色味が濃くなっている。

「……すみません。今日は、できなかったです」

わたしは小さく頭を下げた。何故、わたしが謝るんだろうという疑問はあるけれど、期待を損ねたからにはそうしたほうがいいと思った。宅配さんは、やめてくださいよ、と両手を振ってわたしを制する。

「……そうっすよね。準備だって大変だろうし。このまえに痣丸をやってくれたのに甘えちゃいました」

宅配さんの表情はやわらかいけれど、扉を開けた瞬間まで宅配さんの高揚に輝いた目から色がさめたのがわかって、辛くなった。義経のコスプレをしてなかったというのと、何もしてなければ魅力的でもない女なんだという現実への落胆が、ここに印鑑を、という業務上の文言からも感じて、わたしは宅配さんの顔をまともに見たくなかった。

「……雨のなかお疲れさまでした」

「いえ、こちらこそ、ワガママ言ってすんませんでした。あなたのモモカちゃんのコスプレ見るまで良いことなかったから、うれしくて」

「良いことなかった?」

「はい。おれ、いろんな家でバイキン扱いされてますから」

あっけらかんとした笑いが雨の冷気と静まった廊下にキンと響いた。わけがわからなかったが、このあいだテレビでやっていた「コロナ禍の配達員の現状」と題された特集を思い出して、察し悪い疑問を返した自分を恥じた。

「自分が商品を頼んだくせに不在きめこまれますし、扉開けても消毒スプレーぶっかけてくる人もいて。マジふざけんなってゆうか、コロナのまえも理不尽はありましたけど、最近はますます酷くなって嫌になってたんです。じょうじき、今も辞めたいです。でも、この時期に辞めて別の仕事につける保証ないですよ」

宅配さんの鼻が赤いのはきっと身体が濡れて寒いせいではない。こんなときに気の利いた言葉でなぐさめられたらいいのだが、自分も自粛要請がでているのに人にモノを届けさせている。感染のリスクを背負わせている人間が、辛かったですね、なんて言葉をつかう資格がないように感じて、無言で宅配さんの針で刺されたような血のかさぶたがある唇の動きを見ていた。

「けどモモカちゃんコスをみた日、思ったんです。おれが運んだ荷物をキャラが受け取ってくれたら、もっとこの仕事つづけられそうだなぁって。こんな世の中だから、そんぐらいのご褒美がほしくて、ダメ元で痣丸やってくださいって言ったんですよ。そしたら、ホントにやってくれたから……。ホントにありがとうございました」

これからはもうやらなくてもいいです。充分、目の保養になりました。では。

宅配さんは駆け足ぎみで部屋の前からいなくなった。宅配さんが佇《たたず》んでいた場所に小さな水たまりができている。これからも雨のなか荷物を届けてまわって、数件に一回は理不尽を味わうのだ。いまの社会の辛酸をじかに感じたやりきれなさが身体にかけめぐってだるくなる。靴箱から雑巾を二枚取り出し、水たまりに投げた。水分を吸ってみるみる色が濃くなるようすが、宅配さんの濡れた金髪と似ていた。

明かりをつけない薄暗い部屋で緋色の衣装をふわりと床に広げる。はじめて手づくりした和服だった。水干《すいかん》はむずかしいと思っていたけれど、案外簡単につくれたから拍子抜けしたのを覚えている。ただ、ミシンに慣れていなかったころのものだから、紅い布地に縫いまちがいの修正跡や引きつれが目立っている。いまなら、もっと上手につくれる。わたしは立ち上がり、押入れから紅い布をだし、古い義経の衣装の横で広げた。もうわたしのコスプレは独りよがりの趣味ではなくなった。来週にはまたインターネットで注文して、宅配さんにきてもらう。そのときまでに衣装を完成させたい。頑張っている宅配さんのためになんて言わない。偽善に満ちているし、いまも自分の趣味が認められたのが気持ちよくって勢いで衣装をつくっている。けれど、結果的に人が笑うなら偽善でもなんでもいいからやってみるに越したことはない。暇だから、なんでもできる。

裁縫箱から青いチャコペンを取り出すと、ぬいしろを見積もったパターンをひきだした。

Where is my clothes?

こう墨

ある朝、目覚めたら、僕はすっぽんぽんだった。

ここはまごうことなき僕の部屋。家賃8万円のワンルーム。見知った天井が「おまえどうした?」みたいな顔をして僕を見下ろしている。

掛け布団はなかった。初夏ということもあり寒くはなかったけれど、直接肌に触れるシーツの感触が妙にこそばゆくて、僕は急いでベッドから飛び起きた。

「うっ」

起き上がったと同時に襲いかかってきた鈍痛に、僕は短く呻《うめ》いてベッドの脇に片膝を突き、頭を押さえてうずくまる。なんだか考える人のポーズに似ている。あんな立派な体つきはしていないけれど。僕がもうちょっとマッチョだったら、未来からタイムスリップしてきたシュワちゃんのようにも見えたかもしれない。惜しいことをした。サイドボードのオブジェとなって久しいダンベルが泣いている。

最近Netflixで見たばかりの映画のことを思い出しながら、僕は何とか立ち上がり、勝手知ったる狭い我が家を改めてぐるりと見回した。

適度に散らかっている。読みかけの漫画本。食べかけのスナック菓子。床に転がるアサヒスーパードライ3缶。と、チューハイ、ハイボール、それぞれ2缶。

飲み過ぎた。

頭痛の原因は明らかだった。

昨夜、テレワーク終了直後、大学時代の友人から着信があったのだ。飲みの誘いだった。所謂《いわゆる》「リモート飲み会」という奴である。

僕も友人も社会の流れに反発するほどのやんちゃさはなく、もともと引きこもり気味のヲタ気質ということも相まって、リモート飲み会は僕らにはぴったりだった。家から出なくていい。人の目も気にしなくていい。お金もかからないし、終電の時間も気にしなくていい。良いことずくめではないか。

そんなこんなでリモート飲み会を頻繁に開催していた僕らだったが、昨夜は少し羽目を外し過ぎてしまったようだ。酔っぱらって正体を失った挙げ句、人目のないことを良いことに素っ裸になった――大体そんな所であろう。一応断っておくが僕は裸族ではない。ユニクロのグレーの上下スウェットをこよなく愛用する男である。

さあ、立ち尽くしている場合ではない。

愛するスウェットを身に纏う為、僕はクローゼットへと向かう。途中、姿見の前で意味もなくポーズを決めつつ、その扉を引く。クローゼットにたどり着くまで僕は無駄な動きや余計な思考をし続けていたが、その瞬間全てが停止した。

「…………ない」

やっと絞り出した声はカサカサだった。酒焼けだけが原因ではない。目の前に広がる光景が、どうにも理解し難く、体が冷や汗を吹き出し始めた。

だって、ないんだ。

服が。

一切。

がらんどうと化した空間の中で、裸のハンガーを数本ぶら下げただけの銀色のパイプがいやに目に眩《まぶ》しく映った。

「お、」

思い出せ。

昨夜何が起こったのか。

僕は何故素っ裸になり、洋服をどこへやったのか。


ピピピピピピピピ……


焦る僕に追い打ちをかけるようにスマホのアラームが鳴り響く。身支度の為に起きていなければならない時間はとっくに過ぎ、今鳴っているものはスヌーズ機能によるものである。

事態は逼迫《ひっぱく》している。テレワーク出勤まであと15分。今日は絶対に外せない大事なプレゼンがあるのだ。どうしてこんな時に。間が悪すぎる。

落ち着け、落ち着け。

とりあえず深呼吸をしてみる。あんまり落ち着いたような気はしなかったけれど、いくらか冷静さを取り戻す事には成功した。絶対部屋のどこかにあるはずだ。何らかの悪ふざけで盛り上がって、洋服を隠してしまったのだ。追い剝ぎに遭ったわけではないのだから、必ずこの部屋の中にあるはず。

僕はもう一度狭い部屋の中を見回し、手始めにベッドの下をのぞき込んだ。作りかけのプラモが入った箱と数冊のエロ本があるだけだ。次にキッチンの戸棚。自炊はあまりしないので気持ち程度の食器と鍋がひとつ。小さな冷蔵庫も然《しか》り。直ぐ開け直ぐ閉めた流れのまま、真後ろのユニットバスの扉を開け湯船をのぞき込んだ。バススポンジがあるだけ。そこでしばし固まり、念のため便座の蓋を開ける。ない。ある意味安心した。

僕は恐る恐る玄関の方へ目を向ける。

まさか、である。この裸の状態で外へ出て服をどこかへ放置したとでもいうのだろうか。考えにくい。考えにく過ぎる。というかその可能性は是が非でも否定したい所だ。いくら酒に酔ったからといって、そこまで分別をなくしてしまったとは思いたくなかった。

５分経過。僕はドアスコープを覗いて部屋の外に異変がないことを確認してから、その可能性をきっぱりと捨てた。仮にもし洋服が屋外にあったとしても、あと10分で探し出して部屋へ無事に帰還できる確率は限りなく低い。むしろマンションの住人に見つかり変質者として通報されるのが関の山だ。そもそも裸で服を持ち出したのなら昨夜の内に通報されてとっくに捕まっているはずである。ということは、僕は部屋からは出ていない。それならば洋服は必ずこの部屋にあるはずだ。

僕は今一度よく考えてみた。そしてあることに気付いた。服は着る。脱ぐ。脱いだ後は——洗濯を、する。

そうだベランダだ。最近ベランダに洗濯機を備え付けたばかりであることを、僕は思い出した。コインランドリーを使わずに済むから経済的だと喜んでいた矢先ではなかったか。

僕は勢いよく窓に飛びついた。そして上体を低くして、そろそろと窓を開けた。ベランダの柵は細く、間隔は広い。しかも大通りに面している。立ち上がったままでは全てが丸見えなので、僕はしゃがんだまま縦型洗濯機へ近付く。昨夜は雨が降ったようで所々水溜まりが出来ていた。それを慎重に避けつつ、腕だけ伸ばして洗濯機の蓋を開ける。


——ない——


本日3度目の『ない』である。

3度目の正直とはならなかった。

空っぽの洗濯槽を見つめたまま僕はフリーズしかけたが、その前に視野の端っこに何かをとらえた。

バッ‼

ぐるんと視線を転じた先には、細い柵に巻き付いた何かの結び目。恐る恐るその下をのぞき込むと――あった。僕の、洋服たちが。

Tシャツ、Gパン、肌着にパンツ。更には掛け布団やタオルケット。それらが端と端とを結び合わせて、地上へと垂れ下がっていたのだ。

なんだこれは。史上最強にわけわからん。キモ。僕は一体何を思ってこんな妙なことを仕出かしたのだろう。これではまるであのディズニーの……

「あッ‼」

僕はとうとう昨夜の出来事をしっかりと思い出した。

僕らは最近互いに見た映画やTVの話しをしていたのだ。僕は先に言ったとおりNetflixを契約しているので見る物には事欠かないが、友人はそういった物は契約しておらず金ローしか見る物がないと嘆いていた。

そう。そこで金ローの話しになった。折しもステイホームを奨励するかの如くチョイスされたディズニーいちのお転婆《てんば》プリンセスのお話しである。塔から抜け出すストーリーなのだからステイホームには向いていないような気が僕にはするのだが、友人に言わせれば彼女は引きこもりのプロなのだそうだ。確かに家で出来る趣味をたくさん持っている点など僕らと相通じる物があるが、無論僕らはプリンセスのような魔法の髪を持ち得ない。ただの無力の、しがないヲタクである。

そこで何故か無力なヲタクでも本気を出せばどんな所からでも脱出できるという話しになった。なんでそんな話しの流れになったのか素面《しらふ》になった今でも理解に苦しむが、恐らく僕が直前に話していたドラマや映画の話し――プリズンをブレイクする話しとか、地面を掘り進めて牢獄から抜け出す脱出系の話しの影響があるのではないかと思われる。

しかし今にして思えば、これで下へ降りようなどというバカな気を起こさずにすんで良かったと心から思った。結び目はどう考えても緩く、少し力を加えただけで直ぐに解けてしまいそうである。命があって良かった。

さて。ようやく記憶を取り戻してすっきりしたわけだが、僕は急いでこれらをひっぱりあげ服を着てテレワークしなければならない。少し湿っているだろうが致し方あるまい。カメラ越しであれば、それほど気にはならないだろう。人は自分が思っている以上に他者に興味がない生き物である。僕が我慢をし涼しげな顔をしていれば、なんの問題もないのだ。僕は慎重に結び目を解き始めた——その矢先。

ピピピピピピピ……

2回目のスヌーズ。5分前の知らせ。その音が僕の手元を狂わせた。

「ああああああああああああああああああああああああ!!!!」

無慈悲に落ちていく、洋服たち。

ひらひらと、ばふばふと、宙を泳ぎながら、雨に濡れた地面に落ちていく。まばらだが道行く人がぎょっとして立ち止まり、上を見上げてくる様子に耐えられず。僕は窓をぴしゃんと閉めて、下界の現実をシャットアウトした。

「ううううう……どうしようどうしよう、今度こそ終わりだ……」

絶望だ。希望はついえた。僕は顔を覆ってしくしくと泣く。もう仮病を使うしかない。あんなに頑張って準備した企画だというのに、僕は自分の愚かな行為によって台無しにしてしまったのだ。僕はヲタだが仕事に対してやりがいを感じているし、僕を信じて企画を任せてくれた人たちに対しても面目が立たない。本当に申し訳ない事をした。穴があったら入りたい。消え去りたくなるほど猛省した。

そこまで思い至って僕は急に閃《ひらめ》いた。そうだ、カメラオフのまま会議に参加する事は出来ないだろうか。音声さえ繋いでいれば取りあえず説明は出来るし、共有画面で資料を見てもらえれば何とかなるはずだ。なんで顔を映さないんだと言われれば、カメラの不調だとでも言っておけばいい。

なんだ。なんて事はない。そんな簡単な解決方法を思いつかないほど慌てていたらしい。滑稽《こっけい》なことだ。

僕はせめて見えないまでも顔だけは洗うと、上司に少し遅れる旨を伝えるためパソコンの前に座った。

そうして、僕は、気付いた。

昨夜、WEBカメラを切り忘れていたことに。

君との答え合わせ

はのむ

彼女と出会って、今日で四年と少し。

俺は今までで一番、彼女の事を考えているかもしれない、と思った。

［君との答え合わせ］

一週間前、彼女が死んだ。享年二十六、癌だった。若かったから進行がものすごく早かったらしく、気付いたときにはもう手遅れで、あっという間だった。

彼女の病気が分かったのは七ヶ月前だった。

遊びに行った彼女のアパートのワンルームで、テレビを観ながら「なんか私、やばいっぽいんだよね。あと半年くらいだって」と彼女がごくごく普通に言うものだから「え、クビになんの？」と返して、笑いながら「じゃあ俺が嫁にもらってやろう」と続けたら、そんなプロポーズ死んでもごめんだわ、と彼女が呆れながら俺を小突いた。

　そしてその言葉通り、彼女は死んだ。よっぽど俺との結婚が嫌だったらしい。

　葬式は全く泣けなかった。彼女は、恋人が不治の病に罹《かか》って死ぬ系の、そういうお涙ちょうだい系の恋愛映画がＣＭを目にしただけで舌打ちするくらい大嫌いだったので、なんとも皮肉な最期だなあ、と俺は棺桶の彼女の死に顔を見て思った。

　彼女と俺の職場の同僚だった友人は、そんな事を考えながら立ち尽くす俺を見て、俺がひどくショックを受けて呆然としていると思ったようで、「無理すんなよ」とか言って俺の背中を擦《さす》った。そうか、こんなに冷静じゃまずいよな、と出てもいない涙を右手で拭った。

　式が終わって、もしかしたら俺は彼女の事がそんなに好きではなかったのかもしれない、だから二年も付き合ってたのに泣けないのかもしれないと思った。

　そして彼女もまた、俺の事がたいして好きではなかったのかもしれないと考えた。その証拠に、あぁいう悲しい恋愛映画では死んだ恋人の家族が「あなたの事はあの子から聞いていました……」とか言って涙ながらに最後の手紙とか出してくるのに、そんなものは一切なかった。それどころか彼女の両親は、娘の恋人の存在すら知らなかった。

　一応恋人だったんです、と名乗った俺に、彼女の母親は、あぁ、みたいな顔をして彼女の部屋の合鍵を差し出して「なんか娘が、あなたに借りた物をアパートに置いたままだから、それをすぐ持って帰って欲しいと言ってました」と言った。そして、「私達が間違えて捨てるといけないから、あなたに先に見てもらってと」と続けた。

いや、借りた物っつーか自分はあなたの娘の部屋で週末限定半同棲みたいなことやってて、俺のスウェットやらシャンプーやらの私物がその部屋に点在してるし、その合鍵も既に持ってますし。

……とは言えなかった。

彼女はよく「うちの親は頭が固い」とぼやいていたから、なるほど、親に立ち入られる前に娘が婚約もしていない男と一緒に住んでいた痕跡を早々に部屋から消して欲しいんだな、と理解して、なんともない振りをしてその鍵を受け取った。

どうりで入院中、彼女の物を取りに行くのは俺の仕事だったはずだ。

で。

俺は今こうして、数ヶ月ぶりに彼女のワンルームにいるのである。

もう本当に、彼女が死んでも俺は泣けないし、彼女も俺へ遺したものが何もない、それはお互いの事がたいして好きではなかったからなのだと納得してから、ありとあらゆる事がどうでもいい、俺の二年間は虚無だったのだ、とショックを受け、ずっと家で寝ていたかったのだけど、そうは言っても時はすぎる。

彼女の両親に鍵を返すためには、俺はこの部屋の荷物を引き上げる必要があるので、こうして玄関に立っている。

当たり前だけど、前来た時と何にも変わってなかった。むしろもっと埃っぽいと思っていたから、意外とキレイで肩透かしを食らった気になった。

彼女が最後に一時退院した時に掃除したのかもしれない。そういう事も、ちゃんとした彼氏ならきっと甲斐甲斐しくするはずだから、俺はもはや彼氏ではなかったのかもしれない、とすら思った。

勝手知ったる（といっても、数メートルもない）通路を通り、彼女と過ごした部屋に足を踏み入れると、よく飯を食ったローテーブルに見覚えのないB5くらいの紙が置いてあった。

遠目に見ても文字が書いてあるのが分かって「おっ、やっぱり手紙あるんじゃん」とか期待して寄っていったら、紙にでかでかと『わざわざご苦労さん』と書いてあった。

「いやお前、もっと書くことあるだろ」

　思わず、そう独り言が漏れた。

　もっと、〝今までありがとう〟とか〝私の事は忘れないでね〟とか、そういう手紙じゃねぇのかよ。

　いや、やっぱり彼女にそんな台詞《せりふ》を期待した俺がバカだったのかもしれない、とため息をつく。

　荷物を集めてさっさと帰ろう、と紙をテーブルへ裏返した時、裏にも文字があることに気が付いた。

「ん？」

　それにもう一度顔を近付ける。

　おそらく表と同じペンで書いたであろう、黒字の手書きの文章があった。

『さて問題です。私が一番好きな本はなんでしょーか？』

「……は？」

つい、顔をしかめた。

なぜここでクイズ。しかも本って、と思ったが、ふと思い立ってベッドのヘッドボードに目をやると数冊文庫本が並んでいて、そのうちの一冊のタイトルに心当たりがあった。

彼女が学生時代どハマりしたらしい作者の本で、彼の叙述トリックが最高だからとにかく黙って一度これを読め、と何度も口うるさく言われた作品名だった。

「俺、これ結局一回も読んでねえなあ」

そう呟いて苦笑いしながら、手に取ったその本のページをペラペラと捲ると、終盤に一枚のカードが挟まっていた。しおりか？ と思って手に取ると、文字が書いてあった。

『当たり～。まぁ、うちに本はちょっとしかないし、簡単すぎだな。あんたまだこれ読んでないでしょ。知ってるんだから。明日にでもこれを読むこと。本当にすごいんだから。』

思わず目が点になる。何度見ても、間違いなく彼女の字だった。

そして明らかに、テーブルの上のあの紙を読んだ後にこの本を手に取ったであろう俺へのメッセージだと気付いた。

まさかと思って裏返すと、今度は『Ｑ２．私が一番好きな映画はなんでしょう？』と書いてあった。

急いでテレビボードの戸棚を開ける。映画が好きだった彼女のコレクションを指でなぞりつつ、目的の一本を探す。彼女はこういう所だけ変に几帳面で、タイトルがアイウエオ順に並んでいる。

「リ……リ……」

言わずもがな、髪の長い女が井戸から出てくる例のアレだ。

俺はこのシリーズの２の方を、一度だけ観たことがある。付き合ってすぐに彼女の家に行きたいと言ったら、一緒に映画を観てくれるならいいよと言われて、半ば無理矢理付き合わされた時だった。

せっかく彼女の家で二人きりだったのに、あまりにも気分が萎《な》えて、あの日、キスすらしなかった。

あった。もうジャケットだけで充分怖いんだろうな、と思い顔を逸らしながらそれを取り出す。目線だけを少し戻して、恐々ＤＶＤケースを開けた。案の定そこにはメモがあった。

『ばーか。２の方。』

思わず「くそ」と言いながらケースを投げそうになった。呪われそうだから直前で思い止《とど》まった。

無駄に怖い思いをしたじゃねーか、と思いながら２のケースを開ける。不気味な男の子の顔がディスクに浮かんでいて「ひぃ」と小さく悲鳴が出た。

ディスクの左に、やっぱりメモ紙。

『今の顔を想像したらウケる（笑）

これを観た日、あんた下心見え見えだったよ。次の彼女の時は気を付けな！』

余計なお世話だ、と舌打ちをしながら裏を見る。予想通り、次の問題があった。

『Ｑ３．私がストレスがたまると食べたくなる料理は？（ただし、手料理に限る）』

いまいちピンと来ないが、まあ手料理っつーことはキッチンだろうな、と思いながら部屋を縦断する。

キッチンの吊戸を開けて料理本を何冊か取り出しページを捲ると、三冊目でメモに行き当たった。

『答えが分からなくて、適当に捲ったでしょ』

そのメッセージを見て、ついドキッとした。こいつはどこかから見てるんだろうか、と思わずあたりを見回したが、当然誰もいなかった。

紙を裏返す。次の問題の上に『これだけは、あんたの方が上手だと思うよ』と書いてあった。

挟まっていたのは、彼女が仕事が原因でイライラした時に、ほとんど彼女の命令に近い形で俺が何度も作った、開きぐせのある牛丼のページだった。

別に難しくもなんともないのに、めんどくさいからと毎回俺に作らせてそれを勢いよくかっこんでいた彼女を思い出した。

次の謎は「一番好きな匂い」らしい。

思わず腕を組んで頭を捻る。参った、これは分からない。彼女は香水なんかつけるタチではなかった。

くそ、行き詰まったぞ、と彼女のベッドに腰掛ける。五分悩んでも答えが出なかった。

せっかくちょっと面白くなってきたのになあ、と首を掻いていたら、ポケットのスマートフォンが震えた。見てみたら、葬式の時に俺の背中を擦った会社の同期からだった。ちょうどいいからこいつに訊いてみよう、と応答ボタンを押した。

「もしもーし?」

「……思ったより元気そうだな」

「まーね、ぼちぼち」

「今、なにしてんの。ちゃんと飯とか食ってんの」

そう言われて、確かにここのところ食事らしい食事を取っていない事に気付いた。それに、今俺がやっていることをなんて説明したらいいのだろうか、と少し悩んだ。

「今……今はね、なんというか、あいつと遊んでる」

電話口で、彼が息を呑む音が聞こえた。現実を受け入れられていないと思われたんだろう。まあいいや、と苦笑いをした。

「それよりさ、あいつの好きな匂いって何か知らない?」

そう続けると彼は、なんだそれ、とぼやいた後、焼き立てのパンかなあ、と言った。

「パン？」

「うん。美味《おい》しそうな匂いの代表格って、前一緒にモーニング食ったとき言ってたよ」

「え、お前あいつとモーニング食ったの？　どういう状況？」

「落ち着けよ。あいつがお前と付き合う前な。何もなかったよ」

「あっそ」

そう言って、キッチンを見回す。長い間住人がいなかったこの部屋には、もちろんパンなんかない。トースターだろうか、と頭を捻ったとき、彼が続けた。

「あとなんか、ほっとする匂いが好きだって言ってたなあ」

その言葉を聞いて、ハッとした。

以前、彼女の祖母が死んだ事で彼女が珍しくひどく落ち込んで、それを柄にもなく抱き締めたときに「この匂い落ち着く」と言われたことを思い出したからだ。

「ごめん、多分答え分かったわ」

「そう。よく分からんけどよかったな」

「おう。お礼にモーニングの件は見逃してやるよ」

「だから何もないって」

彼が笑った。

「まぁでも、気持ちが落ち着いたらまた飯でも食いにいこう。あのトースト、確かに美味《うま》くてさ。お前に食わせてやりたいって、あいつあの時言ってたよ」

彼女らしくないその言葉が不思議と心地よく耳に入って、顔を綻《ほころ》ばせながら、そのうちな、と言った。

久々に空腹を感じた気がして、帰ったら牛丼を作ろうと思った。

次のメモは案の定、柔軟剤のボトルに貼ってあった。あの日、彼女が俺の服の匂いを気に入って、わざわざ切り替えたブランドのものだった。

『難しかった？　その節はどうも。今はおばあちゃんとおしゃべり中。天国に行けたら、だけど。』

それを読んで、やっぱり二十六でも彼女は賽《さい》の河原に連れていかれてしまうのだろうか、俺がつかれた多少の嘘くらい許すので、どうか閻魔《えんま》大王がその点、目をつぶってくれていますように、と思った。

あの勝ち気で生意気な彼女があそこまで弱るくらい、彼女は祖母の事が好きだったのだ。両親には俺の事は言ってなかったみたいだけど、その祖母くらいには話してくれただろうか、いや、それよりももっと話したい事がいっぱいあるだろうな、と苦笑した。

ボトルからそれを丁寧に剝がして裏を返すと、今度は『Q5．風邪と言えば？』

答えはすぐ分かった。俺が夏風邪を引いたとき、彼女が珍しく自分からレトルトのたまご粥を作ってくれたことがあった。

別に大したものじゃなかったはずなのに美味いような気がしたんだよなあ、と笑いながらキッチンを振り返る。

この部屋は案外、俺が思っていた以上に、彼女との思い出だらけなのかもしれない、と少しニヤけた。

それから、指示通りに部屋のなかをぐるぐると回って、ありとあらゆる戸棚と引き出しを開けた。問題とその答えの全てに彼女との小さな思い出があって、メモには俺へのヤジが書いてあった。お礼っぽいのは柔軟剤だけだった。

だんだんテンションが上がってきて夢中になって次のメモを探したけど、ふと冷静になって部屋を振り返ると、すごいことになっていた。出るときには全て元に戻さないと、彼女の両親は強盗でも入ったと慌てるだろう。片付けも重労働だな、と散らかったワンルームを見回しながら笑った。

最後は、ベッドの枕の下に封筒があった。

ちなみにそれに対する問題文は『ラスト・めちゃくちゃ狭いけど、好きな場所』だったが、彼女はシングルベッドを二人で使うのは窮屈《きゅうくつ》だ、とよく文句を言っていたはずだった。

一度ボーナスの時に、セミダブルを買ってやろうか、と訊いたことがある。部屋が八畳なのに大きすぎるに決まってるじゃん、とそれにもブツブツ言われた。なんだかんだ好きだったんじゃねーかよ、と枕に軽くパンチを入れた。

深呼吸をして、封を開ける。

さぞかし素敵な愛の言葉が綴《つづ》られているんだろうと期待したが、便箋《びんせん》に書かれていたのはたった一文だった。

『ここまで来たってことは、あんた相当私の事好きだね。ウケる（笑）』

おい、と思わず声が出そうになった。

こういうのは普通長々と感謝の言葉が書いてあって、男が泣くんじゃないのか。そういう話なんじゃないのか。

そう悪態をついてやりたかったけれど、まあでも、この結末も彼女らしいのかもしれないと呆れて肩を落とす。

それに最後までちゃんと答えが分かったのだから、彼女が言うように俺はきっと、きちんと彼女が好きだったのかもしれない。それでもやっぱり涙は出ないのだから、なんて冷たい人間なんだろうか。

そんな事を考えながらベッドに寝転んだ時、天井に何か違和感があることに気付く。

よくよく目を凝らすと、やっぱり天井の壁紙とよく似た色の紙がこれまた白いマスキングテープで貼ってあった。

嘘だろ、と呟きながらベッドに立って手を伸ばす。180cm近い俺の身長では普通に手が届くが、彼女は160cmも満たなかったはずで、ベッドの上に踏み台かなにか載せて貼ったんだろう。

病人が何やってるんだよと眉をひそめながら、天井から剝いだその紙をひろげた。

『やるじゃん』

　やるじゃん、じゃねーよ。

　はあ、とため息をつきながら続きを見る。

『こういうことに付き合ってくれる、あんたの子供みたいなところ、一緒にいて楽しかったよ。

　せいぜいベッドの広さを味わうんだな。

　それでは、さようなら。』

　その言葉を読んで思わずベッドを振り返る。

　あぁ、俺はこれから一生、あの狭さに文句を言われることはないんだ、と思った。

　紙を裏返す。

　もう、続きのメッセージはなかった。

　本当にこれで終わりなんだな。

　そう思うと、何故か堪《たま》らなくなってベッドに倒れ込んだ。

枕を抱え込むと、もうほとんど薄れてしまったあの柔軟剤の匂いがして、あぁ、やっぱり彼女は死んだのだと実感した。

俺は今日、この部屋の俺の荷物を全て持ち帰って、彼女の両親は今月末、この部屋を引き払う。

自分と彼女の全てだったこのワンルームには別の知らない誰かが住んで、この世から彼女との思い出の形は全部消える。

彼女が俺に遺したのは、俺が期待したしおらしい愛の言葉が綴られた手紙なんかより、ずっとずっと重たいものだった。

彼女は、俺が読んだこともない本に、好きでもない映画に、凝ってもない料理に、いつもの匂いに、その他の俺をとりまく全てに最後にきちんと自分の存在を刷り込んで、どうあがいても俺が一日たりとも彼女を忘れる事ができないようにするくらい、ものすごく俺の事が好きだったのだと気付いた。

それなのに、最後まで素直に〝好き〟とは書かないあたり本当に彼女は可愛くない。

だけど、そんな彼女に対してどうしようもなく会いたくなって、文句でもいいからもう一度声が聞きたいと思っている今の自分の気持ちは、もう「好き」以外の何物でもないと思った。

俺も彼女も、言葉にはしなかっただけでちゃんとお互いに好きだったのだ。

そう思い知ったら、葬式じゃ全く出なかった涙が自然と出た。

今俺が泣いてしまったら、俺と彼女の関係は彼女が心底嫌いだったお涙ちょうだいラブストーリーに成り下がってしまう。

だから俺は何がなんでも絶対に泣くべきじゃない、それが分かっているのに、この涙すら彼女の策略通りでどこかで彼女がほくそ笑んでいるような気もして、泣きながら「くそ、ばかじゃねーの」と呟いた。

当然、彼女からの返事はなかった。

ざまぁみろ、くらい言ってほしかった。

ぐちゃぐちゃにひっくり返した彼女の部屋の荷物だけが、静かに俺を見ていた。

本書は、「一部屋の中だけで完結する」オリジナル短編を投稿する「執筆応援！　ワンルームSSチャレンジ」コンテスト（二〇二〇年四月二四日〜五月三一日まで開催）に投稿された応募作品五五二作品の中から、大賞と優秀賞を含む一七作品を収録した作品集です。

収録に際し、加筆修正を行ないました。

大　賞　「君との答え合わせ」　はのむ

優秀賞　「季節越しのルームシェア」　中臣モカマタリ
「半ひきこもりOLが異世界に召喚された結果。」　Endo
「猫のいるベランダ」　神谷　公

本書は、ＰＨＰ文芸文庫オリジナルです。
本作品は、フィクションであり、実在の人物、団体等とはいっさい関係ありません。

ＰＨＰ文芸文庫　ワンルーム・ショートストーリー

2021年４月29日　第１版第１刷

企画・協力　ピクシブ株式会社
編　者　ＰＨＰ研究所
発行者　後藤淳一
発行所　株式会社ＰＨＰ研究所
東京本部　〒135-8137 江東区豊洲5-6-52
第三制作部　☎03-3520-9620（編集）
普及部　☎03-3520-9630（販売）
京都本部　〒601-8411 京都市南区西九条北ノ内町11
PHP INTERFACE　https://www.php.co.jp/
組　版　朝日メディアインターナショナル株式会社
印刷所　図書印刷株式会社
製本所　東京美術紙工協業組合

 ISBN978-4-569-90131-2

PHP文芸文庫

うちの神様知りませんか？

市宮早記　著

なぜか神様が失踪してしまった神社を舞台に、その神様の行方を追いながら、妖狐×女子大生×狛犬が織りなす、感動の青春物語。

PHP文芸文庫

金沢 洋食屋ななかまど物語

上田聡子 著

洋食屋の一人娘・千夏にはずっと想い人がいた。しかし、父は店に迎えたコックを婿にしたいらしく……。金沢を舞台に綴る純愛物語。

PHP文芸文庫

京都東山「お悩み相談」人力車

キタハラ 著

夢は捨てた。彼女にも愛想をつかされた。唯一残った人力車夫の仕事で、彼は京を走る！　軽快な筆致で描く、人生宙ぶらりん男の再生物語。

PHP文芸文庫

夜《よ》廻《まわり》

日本一ソフトウェア原作／保坂歩 著

消えた愛犬ポロを探すため、姉妹は怪がうごめく夜の町へと足を踏み入れるが……？大人気ホラーゲームの公式ノベライズ、ついに文庫化！

PHP文芸文庫

怪談喫茶ニライカナイ

蒼月海里 著

「貴方の怪異、頂戴しました」——。怪談を集める不思議な店主がいる喫茶店の秘密とは。東京の臨海都市にまつわる謎を巡る傑作ホラー。

PHP文芸文庫

第26回柴田錬三郎賞受賞作

夢幻花《むげんばな》

東野圭吾 著

殺された老人。手がかりは、黄色いアサガオだった。宿命を背負った者たちが織りなす人間ドラマ、深まる謎、衝撃の結末——。禁断の花をめぐるミステリ。

PHP文芸文庫

桜ほうさら（上・下）

宮部みゆき 著

父の汚名を晴らすため江戸に住む笙之介の前に、桜の精のような少女が現れ……。人生のせつなさ、長屋の人々の温かさが心に沁みる物語。